DEUX CRIMES

JORGE IBARGÜENGOITIA

DEUX CRIMES

Préface d'Álvaro Mutis

Traduit de l'espagnol (Mexique)
par Jean-Baptiste Grasset

GALLIMARD

Titre original :

DOS CRÍMENES

PRÉFACE

Une invention malheureuse a causé un préjudice aussi durable que gratuit à l'image de la littérature de fiction latino-américaine dans le reste du monde. Sitôt énoncée, la brillante idée du « réalisme magique » devint le label obligé et simplificateur destiné à marquer pour de nombreuses années tout roman et toute nouvelle publiés entre le Río Bravo et la Terre de Feu. L'inventeur de cette fable a résolu pour les critiques le problème de savoir dans quel genre classer les ouvrages de fiction écrits dans ces contrées, qui continueront d'attendre le véritable Christophe Colomb qui les découvrira véritablement.

Pour illustrer ce malentendu, il n'est d'exemple plus éloquent et de plus grande valeur que l'œuvre de Jorge Ibargüengoitia, aussi bien théâtrale que romanesque. C'est pourquoi je trouve admirable l'idée que les éditions Gallimard ont eue d'entreprendre de faire connaître en France cette vision d'un Mexique jusqu'alors soigneusement caché ou travesti, qu'Ibargüengoitia met à nu avec un humour tellement mordant, tellement juste, qu'il parvient à figer le sourire du lecteur, pour peu que ce dernier médite sur l'histoire que l'on est en train de lui raconter.

I

*Je me rappelle fort bien la première fois où j'ai lu
une chronique d'Ibargüengoitia dans les pages édito-
riales du journal El Excelsior, de México. Ce devait
être vers la fin des années soixante. Je fus immédiatement surpris par le ton, inhabituel dans le milieu de la
presse, par cette manière qu'il avait de relater ses
expériences, de décrire ses impressions lors d'un voyage
en Égypte. Je me souviens encore de ce texte comme
d'un véritable chef-d'œuvre du grand journalisme, écrit
cependant avec un tel naturel, une telle simplicité, que
l'auteur semble ne pas très bien savoir pourquoi il nous
racontait cela. Mais sous cette légèreté apparente se
dessinait une vision juste, amère et impitoyable, qui
devait rester à jamais gravée dans ma mémoire et qui,
bien des années plus tard, alors que je visitais Le Caire
pour la première fois, me permit de constater à quel
point Jorge avait vu juste. Je n'ai pas été un lecteur
assidu des journaux, mais tant qu'Ibargüengoitia continua de publier sa colonne dans El Excelsior, je m'efforçai
de ne jamais la manquer. Sa façon de voir les gens et
le monde, son refus absolu de se conformer à ce juste
milieu, à cette tranquille et fuyante prudence qui carac-
térisent une bonne partie du journalisme mexicain, toujours prévoyant, toujours soucieux de ne pas froisser
l'establishment politique, dont la présence monolithique
impose la plus grande réserve, donnèrent à Jorge Ibargüengoitia une voix nécessaire et rafraîchissante.*

*Un jour il vint chez moi en compagnie d'amis communs,
et mon premier mouvement fut de lui témoigner ma
vive admiration pour ses articles et quelques-unes de
ses pièces de théâtre qui tenaient déjà l'affiche à México.
Je découvris alors l'autre Ibargüengoitia qui, avec un
air de réserve à la fois distante et distraite, écoutait
mes compliments comme quelqu'un qui ne comprend*

pas très bien ce qui lui arrive. Un sourire perpétuel cherchait à s'insinuer sur ses lèvres, et dans ses grands yeux saillants on lisait un étonnement feint qui ne trompait personne. Il affectait d'être un homme de peu de mots. Mais très vite on le voyait entamer à l'écart une conversation animée avec quelqu'un qui l'écoutait très attentivement. Nous ne nous voyions pas aussi souvent que je l'aurais souhaité. Je devais m'absenter fréquemment de México et Jorge effectuait de longs séjours dans des universités américaines en tant que professeur invité. À mesure que paraissaient ses romans, mon admiration pour son œuvre allait croissant. Chaque fois que nous nous rencontrions, j'essayais de le lui dire mais, l'air mi-aimable, mi-sceptique, il refusait de s'étendre sur le sujet. Je n'ai connu personne qui sût cacher avec une plus grande pudeur son statut de roman-cier déjà célèbre dans son pays et dans le reste du continent hispanophone. Chaque fois que quelqu'un essayait de l'amener à parler de ses romans, il détour-nait la conversation en lançant quelque plaisanterie facile, anodine, et changeait de sujet, comme s'il ne comprenait pas très bien pourquoi on lui parlait de tout cela.

Cette attitude de Jorge contrastait considérablement avec la charge explosive et délétère dissimulée dans chacun de ses livres. Je vais tenter de m'expliquer.

La voie choisie par Ibargüengoitia pour relater des épisodes de l'histoire du Mexique, en particulier ceux de la Révolution mexicaine, est complètement distincte, je dirais même qu'elle est l'opposée de celle qu'ont empruntée d'autres auteurs, mexicains également, chez qui – à l'exception de Rulfo et de Fuentes – le pitto-resque prend habituellement la place du réel et les protagonistes se conforment à l'image stéréotypée que le cinéma mexicain allait figer pour toujours, méta-morphosant un épisode pétri de contradictions et d'une violence effrénée, très souvent gratuite, en une anecdote édulcorée avec des héros plus proches de Zorro ou du Cavalier Solitaire que de la véritable image d'un Pancho Villa ou d'un Victoriano Huerta. À l'arrivée d'Ibar-güengoitia, la formule était tellement rebattue, élimée, que pour décrire à nouveau la tourmente révolutionnaire d'une manière convaincante et vraie, il n'y avait plus qu'une issue : celle d'un humour féroce, pareil à celui des Caprices de Goya, d'où toute complaisance est exclue et où le lecteur qui découvrira Los Relampagos de Agosto *(Les éclairs du mois d'août)* ou Maten al león *(Tuez le lion)* – deux romans magistraux d'Ibargüen-goitia – comprendra immédiatement où je veux en venir.

Le secret réside, comme toujours, dans le style, unique, juste, sans effets ni fioritures, sans grandiloquence mais aussi sans pitié. Or, c'est avec cet instrument que l'au-teur pénètre dans les zones les plus profondes de l'âme de ses personnages, et de cette incursion surgit la silhouette décharnée et brutale d'un monde que seule rend supportable la dose d'humour qui nous permet d'arriver au dénouement tout en conservant une relative innocence. C'est plus tard, en nous remémorant ce que nous avons lu, que nous prenons conscience de la « saison en enfer » par laquelle nous venons de passer, et dont le souvenir nous accompagnera pour toujours.

J'avoue être extrêmement curieux de connaître la réaction du lecteur français devant ces romans d'Ibar-güengoitia qui vont briser en mille morceaux le moule conventionnel auquel on a voulu réduire, avec une impar-donnable légèreté, tout livre écrit en Amérique latine. Je ne puis que me réjouir de l'heureuse initiative des éditions Gallimard de publier en français une des œuvres *les plus originales et les plus provocantes écrites sur notre continent. Joli casse-tête pour la critique qui croyait avoir résolu le problème en apposant l'étiquette de « réalisme magique » à tout ouvrage de langue espagnole écrit sur l'autre rive de l'Atlantique.*

Jorge Ibargüengoitia mourut dans un accident d'avion survenu à Madrid en 1983, qui coûta la vie à d'autres éminents hommes de lettres latino-américains, au nombre desquels Manuel Scorza. Cette tragédie changea radicalement le destin des Lettres au Mexique et sur le continent. Jorge Ibargüengoitia était né à Guanajuato, ville chargée d'histoire et de légendes, située au cœur du Mexique, et qui a conservé son ambiance mi-universitaire, mi-coloniale, qui lui confère un charme unique. Il fit des études de philosophie et de lettres à l'Université autonome de México, où il obtint une maîtrise d'art dramatique. Il enseigna cette discipline à l'Université des Amériques de México et à l'Université de Californie. Il écrivit treize pièces de théâtre et huit romans, et réunit ses chroniques de voyage sous le titre de Viajes en la América ignota *(Voyages dans l'Amérique secrète). Toute son œuvre est marquée du sceau caractéristique d'un humour corrosif et efficace qui lui permet de mettre à nu les ruses quotidiennes et la violence brutale et enfouie qui surgissent au moment où l'on s'y attend le moins et sont la marque du caractère mexicain. Le tout dissimulé en permanence par une courtoisie onctueuse et omniprésente.*

Dos Crímenes *(Deux crimes) est un magnifique exemple de la deuxième période de son écriture, au cours de laquelle il commençait à approfondir ses recherches sur la chronique quotidienne et atroce du véritable culte voué à la mort par les Mexicains, habi-*

tuellement dissimulé derrière les crânes en sucre qu'on offre pour la Fête des Morts, et dans les chansons qui relatent encore de nos jours des massacres notoires et des tragédies d'une noirceur sans appel. Dans ce livre inquiétant et audacieux, on pourra apprécier ce qu'aurait été l'œuvre de Jorge Ibargüengoitia si la mort ne l'avait emporté prématurément.

ÁLVARO MUTIS

Première partie

CHAPITRE PREMIER

L'histoire que je vais raconter commence un soir où la police viola la Constitution. La Chamuca [1] et moi fêtions notre cinquième anniversaire. Pas l'anniversaire de notre mariage, nous ne sommes pas mariés, mais celui d'un certain 13 avril après-midi où elle s'était « donnée » à moi, dans un vestiaire de l'atelier de dessin du ministère de la Planification. L'air était si poudreux qu'on ne distinguait pas même le Monument de la Révolution, à deux rues de là. Je travaillais comme dessinateur industriel et La Chamuca – je précise qu'elle avait fait socio – comme dactylo. Nous faisions l'un et l'autre des heures supplémentaires, et il n'y avait plus personne au bureau...
À cette fête, nous avions invité six de nos meilleurs amis, dont cinq arrivèrent à huit heures chargés de cadeaux : El Manotas avec un livre de Lukács, les Pereira avec un poncho de Santa Marta, Lidia Reynoso avec des assiettes de Tzinzunzan, Manuel Rodríguez avec deux bouteilles d'excellente vodka qu'il s'était procurées grâce à un ami travaillant à l'ambassade soviétique.
Jamais peut-être je n'ai connu de fête plus cordiale

---

1. Les termes castillans ou mexicains qui pourraient intriguer le lecteur sont répertoriés dans le glossaire en fin de volume. (*Les notes et le glossaire sont du traducteur.*)

9

que celle-là – au début. On parlait, on buvait, on riait, on chantait comme autant de frères. El Manotas, qui revenait de vacances au bord de la mer, nous décrivit une anse isolée, sans touristes, à plage de sable fin, l'eau cristalline, les clovisses fraîchement tirées de l'océan. Je voulus savoir où c'était et il écrivit sur mon agenda : « Au port de Ticomán, prendre le bateau pour la plage de la Media Luna (hôtel Aurora). » Je ne soupçonnai pas, à cet instant, les conséquences que ces quelques mots devaient avoir pour moi.

À onze heures, La Chamuca servit le tamal de cazuela. Nous avions commencé à manger lorsque arriva notre sixième invitée, Ifigenia Trejo, accompagnée d'un inconnu. L'entrée de celui-ci dans la pièce eut sur notre fête à peu près l'effet d'une douche froide. Ifigenia nous le présenta comme « Pancho » et dit de nous : « Des amis. »

Dès le premier instant, Pancho me causa une impression détestable, avec sa dent en or, son double menton, son costume, sa cravate. La première chose qu'il fit après nous avoir serré la main fut de demander à aller aux toilettes. Dès qu'il fut sorti de la pièce, je demandai à Ifigenia, qui se posait sur une des chaises en rotin :

– Qu'est-ce que c'est que ce type?
– Il travaille au Parquet.
– Et pourquoi tu l'as amené?
– C'est lui qui voulait vous connaître.

Faute d'autres assiettes pour les nouveaux arrivants, La Chamuca dut leur servir le tamal de cazuela dans celles de Tzinzunzan. En revenant des toilettes, Pancho retira sa veste, s'assit à côté d'Ifigenia et, au lieu de manger, posa son assiette sur l'étagère de la bibliothèque. Par contre, il accepta le Cuba libre que je lui offris et le but cul sec, ainsi qu'un deuxième. Il s'en servit lui-même un troisième, sans rien demander, puis, au moment

où Lidia Reynoso s'était levée pour se servir en dessert
– de la cocada –, il en profita pour quitter sa chaise en
rotin et se laisser tomber pesamment sur le pouf couleur
lilas que Lidia occupait jusque-là : le siège le plus confor-
table de la pièce. Une fois bien installé, les jambes
repliées, il commença à dire des conneries : que les
socialistes sont bourrés de dogmes, que le marxisme est
une doctrine politique caduque car elle ne prend pas en
compte l'ambition de pouvoir, qui est une force innée
chez tous les êtres humains, etc.

– Si vous avez l'intention d'enchaîner sur Staline et
les camps de concentration en Union soviétique, lui dit
Olga Pereira, vous me réveillerez quand vous aurez
terminé.

Et, pour bien montrer le dédain que lui inspirait ce
Pancho, elle s'allongea sur le divan. Lidia Reynoso, qui
avait peine à en croire ses oreilles, me souffla :

– Mais ce mec est antimarxiste!

Pancho demanda pourquoi, si vraiment le socialisme
est un système parfait, il y a des gens qui émigrent des
pays socialistes, alors qu'on ne trouverait personne pour
choisir d'aller vivre en Union soviétique. La Chamuca,
les mains crispées sous son huipil, lui répondit :

– Vous vous trompez, monsieur. Il y a beaucoup de
gens, et de partout, qui émigrent vers l'Union soviétique,
seulement on leur fait moins de publicité qu'à ceux qui
renient le socialisme.

Sur quoi, elle se leva et sortit de la pièce. El Manotas
déplaça le petit banc où il était assis, alla s'installer en
face de Pancho et commença à lui expliquer, avec une
infinie patience, combien il est difficile d'extirper du
cœur des hommes l'instinct petit-bourgeois.

Ifigenia avait défait ses cheveux et les nouait en tresses.
C'est son habitude. Si elle arrive à une fête en queue

11

de cheval, elle se fait des tresses. Si elle arrive avec des tresses, elle les dénoue, se brosse les cheveux et repart en queue de cheval. Dans les deux cas, elle perd quatre ou cinq cheveux épais, longs, très noirs, absolument personnels, pour marquer son passage. En la regardant les bras en l'air, la bouche garnie d'épingles à cheveux, je sentis qu'elle était quand même un peu gênée des idioties que débitait son compagnon. Mais pas suffisamment. Je regrettai de l'avoir invitée.

Pancho, en chemise blanche, tenait à la main un gobelet vert. El Manotas, qui tirait sur ses moustaches à la Zapata, ressemblait à une montagne de couleur café noir, posée sur un petit banc à trois pieds. Sur le divan rose foncé étaient assises trois personnes. Olga Pereira, longue, svelte, vêtue de jeans, était couchée tout contre le mur et fixait le plafond. Lidia Reynoso, qui était allée s'asseoir près des pieds nus d'Olga, était la plus âgée de cette soirée; ses cheveux gris contrastaient avec son quexquemetl orangé; elle écoutait Pancho avec stupéfaction. À l'autre bout du divan, près de la tête d'Olga, Manuel Rodríguez, accroupi, essayait de lire sous la lumière rougeâtre la *Critique de l'État capitaliste* de Poliakov, qu'il avait prise dans la bibliothèque. Carlos Pereira, qui se prend pour Che Guevara (dont le portrait était affiché au mur), se balançait sur une des chaises en bois en fumant un cigare. Ifigenia, dont les célèbres fesses, moulées par un pantalon vert foncé, débordaient de son siège, continuait à s'arranger les cheveux.

La Chamuca apparut à la porte de la chambre, sa guitare à la main, et me regarda un instant. Je compris qu'elle avait décidé d'en finir par la chanson avec cette discussion pénible et les sornettes de Pancho. J'applaudis, et tous les autres avec moi – sauf Pancho. La Chamuca s'ouvrit un passage parmi les invités, en prenant garde

12

à ne pas leur marcher dessus avec ses longues jambes, et alla s'installer sur le bord du divan. Elle avait ôté son huipil, découvrant une chemisette de coton brodé que je lui avais demandé de ne pas mettre en public, parce qu'elle laissait transparaître ses mamelons un peu trop foncés. Elle accorda la guitare et, sans se soucier de ce que certains lui demandaient de chanter, frappa un fort accord pour préluder à son air préféré : le *Portrait du guérillero Carlos Macias*.

Il m'est difficile d'expliquer ce que je ressens lorsque La Chamuca chante. Avant tout, la fierté de posséder une aussi belle femme – brune, de très grands yeux, les lèvres charnues, les dents magnifiques, de grands anneaux pendant aux oreilles, un corps qui semble un Monument à la Race. Mais elle est aussi un peu ridicule, quand elle chante; elle ouvre grande la bouche, ferme à moitié les yeux, pousse des cris de passion feinte. Cela me gêne mais je le supporte, estimant que chacun a le droit de s'exprimer comme il peut. C'est ma philosophie.

Quand je me rappelle cette scène, elle en train de chanter, moi de la regarder, les autres de l'écouter, je suis sidéré de m'apercevoir à quel point j'étais loin d'imaginer que c'était la dernière nuit que nous passions chez nous, et que le souvenir de cette fête ratée allait rester gravé dans mon esprit comme le plus intense et le plus douloureux concernant notre cher appartement du quartier Miguel-Schultz, que le divan rose foncé, les posters du Festival de La Havane, les étagères en bois que La Chamuca et moi avions fabriquées, ne pourraient plus être évoqués comme des objets quotidiens, témoins d'une existence heureuse, mais comme les éléments scénographiques de cette catastrophique réunion.

La Chamuca chanta plusieurs chansons et atteignit son objectif : non seulement Pancho arrêta de parler,

13

mais il s'endormit. Elle en était à la moitié de *Patrulla guajira,* quand des coups retentirent à la porte.

Il était plus d'une heure du matin, aussi je pensai que c'étaient des voisins qui venaient protester. En ouvrant la porte, je fus surpris de ne voir personne en face de moi. Je me penchai dans le couloir et aperçus à quelques mètres la silhouette d'un homme rondouillard, les mains dans les poches. Comme la lumière du couloir est très mauvaise (la propriétaire met des ampoules de 20 watts), je mis un moment à reconnaître le visage grave d'Evodio Alcocer.

Cela ne me fit pas particulièrement plaisir de voir encore débarquer, à cette heure indue, quelqu'un qui n'était pas invité, surtout Evodio. Je le respecte, parce que je sais que c'est un activiste dans l'âme, mais je ne partage pas ses opinions, il ne fait pas partie de mon groupe et je n'ai pas grand-chose en commun avec lui. Cependant je lui dis :

– Evodio, quel bon vent t'amène? Entre!

Il ne bougea pas. Il restait immobile dans le couloir, on aurait dit la statue de Benito Juárez. Finalement, levant la main, il me fit signe d'approcher. Je fermai la porte de l'appartement pour que les voisins n'entendent pas *Patrulla guajira,* et allai le rejoindre. Il avait le regard irrité et la bouche pincée.

– Tu donnes une fête? demanda-t-il comme s'il désapprouvait la chose.

La chanson de La Chamuca résonnait dans le couloir.

– Il y a de l'ambiance, répondis-je. Tu entres?

– Qui sont les invités?

Je ne comprends toujours pas pourquoi cette question ne me parut pas vexante, mais le fait est que je lui dis avec assez de bonne humeur qui se trouvait là, y compris Pancho que je présentai comme « un ami d'Ifigenia

Trejo ». Il m'écoutait en contemplant le vert jaspé du carrelage. Quand j'eus terminé l'énumération des convives, il haussa les épaules et dit :
– Je suppose que ça ira.
– Qu'est-ce qui ira ?
Au lieu de répondre à ma question, ce qui nous aurait évité bien des déboires, il ajouta :
– Je vais te demander un grand service : permets-moi de passer la nuit chez toi.
Il est rare que j'ose refuser un service quand on me le demande aussi directement, mais je n'aime pas non plus acquiescer sans savoir pourquoi. J'aurais préféré connaître les raisons d'Evodio. Cependant, je n'avais pas assez confiance en lui pour lui demander ce qui l'empêchait de dormir chez lui. Je pensai qu'il devait s'être engueulé avec sa femme, une Argentine névrosée qu'il avait rencontrée à Moscou, et je conclus :
– Très bien, Evodio, tu peux dormir ici.
Nous entrâmes ensemble, d'un air naturel, comme si Evodio était lui aussi un invité en retard. Ce petit jeu ne donna pas grand-chose, car tous les convives – hormis Pancho – connaissaient Evodio, aussi bien ou aussi mal que moi, en tout cas suffisamment pour savoir qu'il n'était pas de notre groupe, ne venait jamais à nos fêtes et devait certainement avoir un problème s'il passait nous voir à cette heure avancée. La Chamuca posa sa guitare et accueillit Evodio avec une accolade et des exclamations qui ne laissaient aucun doute sur le fait qu'on ne l'attendait pas. Pancho se réveilla.
– Tu as faim, Evodio ? demanda La Chamuca.
– Oui, répondit-il.
La Chamuca partit à la cuisine réchauffer le tamal de cazuela.

15

– Evodio, viens t'asseoir, lui dit Lidia Reynoso en tapotant la place que La Chamuca venait de quitter.

Evodio s'assit et je lui servis un Cuba libre. Pancho n'avait cessé de le regarder et dit :

– On ne nous a pas présentés.

– Monsieur s'appelle Evodio Alcocer, répondit Lidia Reynoso.

Il n'y eut pas d'autre indiscrétion. Pancho donna lui aussi son nom de famille, auquel personne ne prêta attention, et serra la main d'Evodio.

La Chamuca apporta une assiette à Evodio, qui attaqua voracement le tamal de cazuela. Les invités commencèrent à se lever, à s'étirer, à chercher sous les meubles ce qu'ils avaient perdu, Olga Pereira une chaussure, Ifigenia Trejo un ruban de soie rouge, Lidia Reynoso un sac brodé otomi. Il y eut un petit drame. En attrapant sa veste, Pancho fit tomber l'assiette de Tzinzunzan posée sur l'étagère, qui se brisa. Il s'excusa auprès de La Chamuca, mais me laissa ramasser les morceaux et les emporter à la cuisine. Quand je revins dans la pièce, Lidia Reynoso était au bord des larmes.

– On n'en fabrique plus, de ces assiettes-là, dit-elle.

– Je suis sûr que nous pourrons la recoller, lui dis-je pour la consoler.

Mais j'avais déjà jeté les morceaux à la poubelle.

Comme Estefanita, la concierge, a l'habitude de fermer la porte de l'immeuble à double tour, je raccompagnai les invités. Quand je remontai à l'appartement, La Chamuca débarrassait les verres sales.

– Où est Evodio? lui demandai-je.

Elle désigna les toilettes. J'ajoutai :

– Il va dormir ici cette nuit.

– Il me l'a dit.

16

– Je n'ai pas pu refuser, j'espère que ça ne t'ennuie pas.

– Pas trop, dit-elle.

Et elle sortit de la pièce avec son plateau de verres sales.

Non seulement Evodio allait dormir là, mais La Chamuca était de mauvais poil. Pour la calmer, je l'aidai à desservir et à empiler la vaisselle dans l'évier. Elle sortit du placard ce qu'il fallait pour préparer le divan. Quand Evodio sortit des toilettes, il dit :

– J'ai mal à la tête.

La Chamuca alla chercher une aspirine dans la chambre et moi un verre d'eau à la cuisine. Quand Evodio eut avalé le cachet, nous lui montrâmes l'interrupteur et lui dîmes bonne nuit. Je passai à mon tour aux toilettes, où régnait l'odeur laissée par Evodio. J'ouvris la fenêtre et jetai un coup d'œil dans la rue déserte. Des papiers jonchaient le bitume. À la lumière du réverbère, je pouvais lire l'enseigne du magasin d'en face : « Chez Domínguez. Tampons en caoutchouc. »

La Chamuca était nue quand j'entrai dans la chambre. Penchée, elle retirait le couvre-lit. Je me rappelle m'être senti très excité; mais elle me repoussa quand je commençai à lui caresser les fesses.

– Non, dit-elle, Evodio pourrait nous entendre.

Moi, je m'en fichais. Mais, en effet, le divan était très près de la cloison du mur et Evodio aurait pu nous entendre. Nous nous couchâmes et j'éteignis. Les cloches de San Cosme sonnèrent trois heures. Je m'endormis immédiatement.

Je me réveillai avec l'impression de n'avoir pas bu, mais c'est seulement en entrant dans le séjour, où il dormait sur le divan, que je me souvins d'Evodio. Il était en maillot de corps, allongé sur le dos. Une mouche s'était posée sur sa lèvre. La pièce empestait. J'ouvris la fenêtre donnant sur le puits de jour et entrai dans la salle de bains. Je fus étonné à la vue de ma barbe, quoique je la laisse pousser depuis trois ans et que j'y sois habitué. Après avoir pris mon bain, je me penchai à la fenêtre. Un cantonnier en tenue orange passait en poussant un chariot; le patron de « Chez Domínguez » levait son rideau de fer. Je me sentais déprimé, j'espérais qu'Evodio partirait rapidement.

J'allai réveiller La Chamuca, car il était l'heure de partir au travail. Elle se leva, à moitié endormie, et faillit sortir toute nue de la chambre.

– Souviens-toi qu'Evodio dort dans le séjour, lui dis-je.

Elle sursauta, me jeta un regard de reproche et enfila sa robe de chambre.

– Evodio est plutôt ton ami que le mien, lui dis-je.

– Mais je ne l'ai pas invité à rester ici, moi, répondit-elle. Et elle sortit de la chambre.

Il était impossible de prendre le petit déjeuner à la maison. La cuisine était pleine de vaisselle sale et Evodio dormait dans le séjour. Je fus sur le point de le réveiller et de lui dire de s'en aller, puis décidai qu'il serait plus élégant de lui laisser un mot pour lui dire au revoir. Je finis d'enfiler mes santiags et griffonnai sur une feuille de papier :

Cher Evodio,
Il est huit heures et demie, nous sommes à la bourre pour le boulot. Tu trouveras de quoi déjeuner dans le frigo, sers-toi. Ne t'en fais pas pour la vaisselle et pour le lit.
On t'embrasse,

MARCOS *et* LA CHAMUCA

18

Je pensais ainsi m'être débarrassé de lui. Je posai le message sur la petite table à côté du divan, pour qu'il le voie dès qu'il ouvrirait les yeux, et rejoignis La Chamuca. Nous refermâmes la porte le plus doucement possible.

Nous prîmes notre petit déjeuner dans une cafétéria de la Calle Ejido, en face du ministère de la Planification. Pendant que la serveuse me versait mon café crème, je jetai un coup d'œil au journal qu'un homme lisait à la table d'à côté. Je crois que c'était *La Prensa* et le titre était : « Un des incendiaires du Globo a été arrêté. » Le Globo était un important magasin de confection qui avait brûlé trois ou quatre mois auparavant. L'affaire avait fait beaucoup de bruit et n'avait pas été élucidée. J'y repensai un instant puis l'oubliai à nouveau complètement.

Quand nous ressortîmes dans la rue, le soleil tapait et tout à coup j'eus chaud. Je me rendis compte alors que j'avais mis le poncho de Santa Marta que nous avaient offert les Pereira la veille au soir. La Chamuca devina mon étonnement et me dit :

– Tu es bourré.

Je ne lui fis pas remarquer qu'elle-même avait de gros cernes. Nous traversâmes la Calle Ejido parmi la foule et entrâmes à la hâte dans l'immeuble qui abrite les bureaux du ministère de la Planification. Il était neuf heures pile quand nous arrivâmes devant la pointeuse. La Chamuca descendit de l'ascenseur au quatrième étage, presque sans me dire au revoir. Elle était encore fâchée. Je continuai jusqu'au sixième, accrochai le poncho à l'entrée de l'atelier de dessin, m'assis face au vestiaire et allumai une cigarette. Je n'avais pas beaucoup de travail, et encore moins envie de le faire. De neuf heures à onze heures, je me contentai de regarder

19

par la fenêtre le Monument de la Révolution. C'est alors qu'un de mes collègues m'avertit qu'on me demandait au téléphone. Je pris le combiné et ne reconnus pas tout de suite la voix d'Estefanita, la concierge de notre immeuble. Elle semblait agitée :

– Il se passe quelque chose, Monsieur Marcos, quatre hommes du Gouvernement sont venus vous chercher. Ils ont demandé après vous et Madame et ils ont voulu que je leur ouvre la porte de l'appartement. Comme je croyais qu'il était vide, je leur ai ouvert, et ils ont emmené le monsieur qui dormait en maillot de corps dans le séjour. Ils m'ont demandé où votre dame et vous travailliez et je vous jure, Monsieur Marcos, je leur ai dit que je ne savais pas, mais j'ai l'impression qu'ils ne vont pas tarder à vous chercher. Je vous téléphone pour que vous soyez prévenu.

– Merci beaucoup, Estefanita, lui dis-je, et je raccrochai.

C'est ainsi que se termina cette partie de ma vie.

À aucun moment il ne me vint à l'idée, pas plus d'ailleurs qu'à La Chamuca, qu'une personne innocente n'a rien à craindre. Nous nous considérions comme innocents, mais La Chamuca est fichée pour avoir participé à des manifs, et moi je suis insoumis, je ne me suis jamais présenté au service militaire. Nous avons aussi tous deux été en contact avec des groupes socialistes importants. De plus, nous étions convaincus que la police est capable d'accuser, quand ça l'arrange, n'importe qui de n'importe quoi. Avant que j'aie eu le temps de terminer de lui expliquer ce qui s'était passé, La Chamuca avait déjà ouvert les tiroirs et commencé à en sortir les objets auxquels elle tenait – un porte-clefs acheté à un sourd-muet, un presse-papiers de verre avec une fleur à l'intérieur, etc., et à les balancer dans son sac.

Nous fûmes bien près de nous faire arrêter en voulant récupérer notre Volkswagen. Nous l'avions laissée comme d'habitude dans un parking situé à un pâté de maisons du ministère de la Planification. Nous étions déjà dans le sous-sol à la recherche du gardien, quand nous l'aperçûmes au milieu des voitures, en train de discuter avec deux types; tous trois regardaient la Volkswagen. Cela nous suffit. Nous sortîmes du parking sans rien dire et fîmes signe à un taxi en maraude.

– Où est-ce qu'on va? me demanda La Chamuca.

– À la gare du Nord, dis-je au chauffeur.

À ce moment-là, je compris que je savais déjà ce que nous devions faire. La Chamuca me regardait sans comprendre.

– Toi, tu vas aller passer quelques jours chez ta cousine à Jerez, lui dis-je.

– Et toi?

– Moi, j'irai voir mon oncle Ramón à Muérdago pour lui demander de l'argent.

Personne à México ne savait que La Chamuca avait une cousine à Jerez, ni moi un oncle riche à Muérdago.

J'expliquai à La Chamuca, qui me regardait avec appréhension, que j'irais la chercher dès que j'aurais obtenu de l'argent et que nous irions vivre ensemble quelque part jusqu'à ce que cette histoire soit tassée.

Elle me donna l'adresse et le numéro de téléphone de sa cousine, que je ne connaissais pas, puis nous rassemblâmes tout l'argent dont nous disposions. Quatre cent cinquante-trois pesos à nous deux, avec lesquels nous pûmes payer le taxi, le billet de première pour Jerez, le billet de seconde pour Muérdago, le chile relleno que La Chamuca commanda au buffet de la gare et ne put

21

avaler. Nous nous partageâmes le reste : soixante et un pesos chacun.

Nous nous assîmes pour attendre l'autocar que devait prendre La Chamuca.

— Qu'est-ce que tu vas dire à ta cousine? demandai-je.

— Que je me suis disputée avec toi. Quand tu me téléphoneras, ça sera pour me demander pardon; et quand tu viendras me chercher, parce que nous nous serons réconciliés.

J'avais parfois tendance à oublier quelque chose que pourtant je savais fort bien : La Chamuca était très intelligente.

— Et toi, qu'est-ce que tu vas dire à ton oncle?

— Je n'en ai pas la moindre idée.

Le moment le plus triste de la journée fut pour moi celui où je revis derrière la vitre de l'autocar le visage de La Chamuca, qui avait ouvert la vitre et qui pleurait. Le car s'éloigna et je la perdis de vue. Je restai un moment devant le quai vide, je m'aperçus que je tenais le poncho de Santa Marta dans les mains.

CHAPITRE II

Jamais je n'oublierai mon arrivée à Muérdago. Je restai un instant au coin des arcades, à regarder les gens qui se promenaient sur la Plaza de Armas en écoutant le concert. Je me sentais fatigué, pourchassé, désarçonné. La journée avait été difficile et agitée, mais cela me semblait encore peu de chose par rapport à la perspective de rencontrer, le soir même, ce vieil oncle qui ne me connaissait presque pas, ne m'attendait pas, n'avait pas d'affection particulière pour moi, ne m'avait pas vu depuis dix ans, et de lui raconter l'histoire que j'avais inventée durant le voyage.

Il était huit heures moins dix à l'horloge de l'église. Je fus tenté de traverser la rue et d'entrer à l'hôtel Universal pour y prendre une chambre, m'endormir et ne plus penser à cette rencontre avant le lendemain. Ce qui m'arrêta, c'est que je n'avais que soixante et un pesos en poche, et qu'étant sans bagages il y avait de fortes chances pour qu'on me demande de payer d'avance. De plus, je ne voulais pas attirer l'attention, or je portais la barbe et mes vêtements n'étaient pas franchement discrets. Non sans effort, je pris sous les arcades, tournai dans la Calle de la Sonaja et continuai jusqu'à retrouver le grand portail et les trois balcons de la maison de mon oncle Ramón Tarragona. Quand je frappai avec le heurtoir, mes mains étaient moites.

Ce fut une femme blonde qui vint m'ouvrir. Nous nous regardâmes en silence. Je constatai que j'avais déjà vu quelque part cette bouche trop peinte et cet épais grain de beauté au menton. C'était bien la personne que je m'attendais le moins à trouver ici et que j'avais le moins envie de voir : Amalia Tarragona de Henry, nièce de mon oncle Ramón, ma cousine par alliance.

– Que désirez-vous? demanda-t-elle sans me reconnaître.

– Je suis Marcos, lui dis-je.

Elle regarda ma barbe, le poncho de Santa Marta, mes santiags.

– Qui ça, Marcos?

Elle ne m'avait jamais aimé, n'ayant jamais rien voulu savoir de ce qui avait rapport à ma défunte tante Leonor, mais elle aurait dû me reconnaître, même avec ma barbe. Je l'avais bien reconnue, moi, sous ses cheveux blonds.

– Marcos, El Negro, ton cousin.

– Marcos, Marcos González? Mais c'est incroyable, depuis tant d'années, et comme tu as changé! Et qu'est-ce que tu fais par ici?

Pendant qu'elle prononçait ces paroles, apparemment de bienvenue, je remarquai qu'elle coinçait un pied derrière la porte, au cas où je tenterais de la pousser.

– Je veux voir mon oncle Ramón, lui dis-je.

– Vraiment, tu n'as pas de chance, tu arrives au moment de son goûter et le médecin a ordonné qu'on ne le dérange pas quand il mange, ça pourrait lui faire du mal.

– Je peux revenir dans un moment.

– Ce serait pire, vois-tu, parce qu'après il ira dormir.

– Je pourrais le voir demain?

24

– Franchement, je ne te le conseillerais pas, parce que, avec l'émotion que ça lui fera de te voir, on ne peut pas savoir comment il réagira. Tu sais, il a eu de sérieux problèmes de santé.

J'étais embarrassé et ne savais que dire. Elle continua :

– Tu ne peux pas savoir comme je suis désolée de ne pouvoir te faire entrer! Allez, adieu!

Et elle referma la porte.

Je restai là un instant, complètement déconcerté, puis je repartis par la rue sombre, m'éloignant de la Plaza. Maintenant que j'étais à Muérdago, il fallait absolument que je voie mon oncle, au moins afin de lui demander de l'argent pour la suite du voyage. Je décidai de m'installer à l'hôtel et d'essayer à nouveau le lendemain, mais je ne repris pas la même rue pour retourner à la Plaza, de crainte... oui, de crainte de tomber sur Amalia. Je préférai faire le tour du pâté de maisons.

Ce n'était pas une mauvaise idée, car au deuxième coin de rue j'aperçus un homme en chapeau qui fermait la porte d'une pharmacie, et reconnus Don Pepe Lara, un grand ami de mon oncle.

– Don Pepe!

Il me regarda un instant et, voyant que je m'apprêtais à lui dire mon nom, m'arrêta d'un geste :

– Non, ne me dis pas qui tu es!

Il me saisit les bras et me fit tourner pour voir mon visage à la lumière du réverbère. Lui-même est un petit vieux aux cheveux blancs, avec un nez pointu chaussé de lunettes rondes. Il ressemble à une chouette. Il me regarda un bon moment dans les yeux avant de poursuivre :

– Tu es le neveu de Leonor. Tu t'appelles... Marcos!

Nous rîmes tous les deux, puis il me donna l'accolade en disant :

25

– Bienvenue à Muérdago!

Il recula d'un pas pour me voir tout entier, et dit :

– Mon gars, tu ressembles à Martín Fierro.

Je me dis qu'il était urgent de me raser et de changer de vêtements.

– Comment se fait-il que Ramón ne m'ait pas dit que tu étais à Muérdago?

– C'est que je n'ai pas vu mon oncle.

Je lui expliquai que je m'étais présenté là-bas et qu'Amalia ne m'avait pas laissé entrer. Il ne sembla pas étonné.

– Amalia est une femme aux idées tordues, qu'il vaut mieux ne pas contrarier. Mais je te propose autre chose : viens dormir chez moi ce soir. Demain, nous attendrons qu'Amalia aille ouvrir sa boutique puis nous irons tous les deux trouver Ramón. Tu verras comme il sera content de te voir. Et quand Amalia reviendra, elle n'osera pas te chasser. Qu'est-ce que tu en penses?

Je trouvai cette idée parfaite. Don Pepe me demanda si j'avais dîné, si j'avais des bagages, si j'avais envie que nous allions prendre quelques verres au Casino ou aussi bien chez lui. Je préférai la seconde proposition. Il poussa la porte entrouverte, à côté de la pharmacie, et me fit entrer dans un vestibule plein de plantes. Il ouvrit une deuxième porte, alluma la lumière et cria :

– Jacinta!

C'était une pièce à l'ancienne, d'allure villageoise, garnie d'un piano droit, avec au mur un poncho de Saltillo et le portrait d'un aïeul. Il y avait aussi un plateau de Puruándiro et deux vitrines, dont l'une contenait des figurines de porcelaine et de terre cuite, l'autre des bouteilles d'alcool et des verres. Don Pepe ôta son chapeau et l'accrocha au portemanteau; sans doute ne le mettait-il que pour parcourir les deux mètres séparant

26

son domicile et sa pharmacie. Il sortit une petite clef de sa poche et ouvrit la seconde vitrine.

– Qu'est-ce que tu préfères comme cognac, du Fundador ou du Martell?

Je choisis le Martell. Tandis que Don Pepe emplissait nos verres, entra dans la pièce une femme visiblement rhumatisante, qui portait un tablier sur sa robe noire. Elle s'arrêta sur le seuil en m'apercevant et s'exclama :

– Jésus, Jésus, Jésus!

– Mais qu'est-ce qu'il y a, tu ne le reconnais pas? répliqua Pepe. C'est Marcos, le neveu de Leonor et Ramón.

– C'est que, maintenant, il porte la barbe, répondit Doña Jacinta.

« ... Et des santiags... Et ce poncho de Santa Marta », me dis-je.

– Eh bien moi, barbe ou pas barbe, je l'ai reconnu immédiatement, affirma Don Pepe, parce que je l'ai regardé dans les yeux, qu'il a tout pareils à ceux de sa tante Leonor.

Doña Jacinta s'approcha de moi avec un sourire timide et me serra la main.

– Pardonnez-moi de ne pas vous avoir reconnu, dit-elle, mais aujourd'hui les gens s'habillent de façon tellement bizarre qu'ils ont l'air de descendre des montagnes.

Son mari intervint :

– Marcos n'a pas du tout l'air de descendre des montagnes, il a l'air moderne.

Jugeant la discussion close, il ajouta :

– Apporte des olives et du fromage. Tu ajouteras au repas un steak et des pommes de terre, et puis tu feras le lit dans la chambre d'amis, parce que Marcos va passer la nuit ici.

27

Quand Jacinta fut repartie, Don Pepe et moi nous assîmes sur un divan branlant et il me raconta ce qu'avait été la vie de mon oncle durant les trois dernières années, c'est-à-dire depuis la mort de ma tante. Pendant la première année de son veuvage, me dit-il, mon oncle Ramón s'habillait de noir, allait fréquemment déposer des fleurs au caveau de famille, et en signe de deuil ne jouait plus au billard. La seconde année, en revanche, il avait pris l'habitude de s'enfiler l'une derrière l'autre deux bouteilles de mezcal, assis sur le fauteuil pivotant de son bureau. Un après-midi, Zenaida, la vieille bonne de Ramón, avait débarqué à la pharmacie pour dire à Don Pepe : « Le patron est couché par terre et ne veut pas se relever. » Don Pepe, de fait, avait trouvé mon oncle en larmes, à plat ventre sur le sol du bureau. « Ramón, qu'est-ce qu'il t'arrive? » lui avait-il demandé. Mon oncle, cessant de pleurer, avait répondu : « J'ai fini par comprendre que la vie sans Leonor n'a vraiment rien de drôle. » Dans les jours suivants, Don Pepe, préoccupé par cet aveu, était allé consulter le docteur Canalejas pour lui demander s'il croyait Ramón capable d'en venir au suicide. Selon le docteur Canalejas, mon oncle était capable d'à peu près n'importe quoi.

Cependant, mon oncle Ramón ne se suicida pas. Il fit une embolie et fut à deux doigts d'en crever, mais en réchappa. Il sortit de l'hôpital sur un fauteuil roulant, paralysé d'un bras et d'une jambe. Le docteur Canalejas jugea qu'avec un peu d'attention et de discipline, mon oncle pouvait espérer vivre encore un an.

– C'est à ce moment-là, me dit Don Pepe, que les enfants du Guapo sont entrés en scène.

« Les enfants du Guapo », ce sont les Tarragona, mes cousins, les fils du frère de mon oncle. Moi, je suis le

fils d'une sœur de Leonor. Mon oncle Ramón et ma tante Leonor n'ont jamais eu d'enfants. Don Pepe poursuivit :
– Je ne veux pas insinuer que ce qu'ont fait tes cousins tienne à l'héritage. Mais ce qui est sûr, c'est qu'à part toi ce sont les seuls héritiers possibles. De Ramón, qui est l'homme le plus riche du bourg, ils ne s'étaient jamais souciés avant d'apprendre qu'il lui restait à peine une année à vivre. Depuis qu'il est sorti de l'hôpital, ils se sont entièrement consacrés à veiller sur ses moindres pensées... Amalia s'est installée chez Ramón avec sa fille pour s'occuper de lui, Alfonso gère ses affaires, Fernando sa propriété, et Gerardo, qui ne sait rien faire, passe chaque après-midi lui demander comment il va.

Le sursis d'une année que le docteur Canalejas avait accordé à mon oncle était passé et il était toujours vivant.

– Et maintenant, dit Don Pepe, considérant le chapitre clos, je veux savoir où tu en es. T'es-tu marié?

– Non.

J'avais décidé de ne pas parler de La Chamuca.

– Quel âge as-tu?

– Trente-deux ans.

– Tu as bien fait de ne pas te marier, il ne faut pas se précipiter. Moi, je me suis marié à quarante ans. Les dernières nouvelles que j'ai eues de toi, c'est quand tu étais étudiant à Cuévano, pour devenir ingénieur des Mines. Tu y es arrivé?

– Oui, je suis consultant.

Cette phrase gommait de mon passé les cinq années monotones que j'avais passées au ministère de la Planification.

– Et ça consiste en quoi?

– Je suis indépendant. Quand une compagnie minière a besoin d'une expertise, d'une prospection, d'un échantillon, elle fait appel à moi. C'est de ça que je vis.

– Mais c'est passionnant! Je suppose que les affaires marchent?

Il regardait mes santiags, aussi je décidai de ne pas y aller trop fort.

– Je commence tout juste.

– Et par quel miracle es-tu ici, après tant d'années?

– Je suis venu proposer une affaire à mon oncle, mais je ne sais pas si c'est bien prudent, maintenant qu'il est si malade.

– Dis-moi de quoi il s'agit, je te dirai si c'est prudent ou pas.

– Vous savez ce qu'est la cryolithe?

– Aucune idée.

– C'est le minerai dont on extrait le glucinium, un métal d'une grande importance pour l'industrie. Les alliages au glucinium présentent une très haute résistance aux déformations liées aux changements de température, ce qui explique qu'on les apprécie beaucoup. Et leurs prix ont augmenté récemment, car il y a une pénurie au niveau mondial.

– Incroyable! Quoi d'autre?

– Je sais où il y a un gisement de cryolithe.

– Et tu veux le vendre à Ramón.

– Non, pas exactement. Je veux lui proposer un marché : moi je lui dis où est la mine, lui il apporte l'argent, ensuite je gère et dirige l'exploitation. Il récupère son investissement, et nous nous répartissons les bénéfices.

– Ça me semble correct. Et en quoi consistera le travail?

– C'est relativement simple. L'excavation existe déjà, il suffit de louer le matériel pour extraire le minerai et le transporter par camion à Cuévano, où il sera traité. Il s'agit d'un petit gisement, qui sera épuisé en six mois.

C'est pour ça que je ne propose pas l'affaire à une grande compagnie : ça ne les intéresserait pas.

– Où se trouve la mine?

– Ça, je ne peux pas vous le dire : c'est la seule chose que j'ai à vendre.

– Combien faudra-t-il investir?

– Un million de pesos.

Don Pepe se leva de son siège et me déclara, avec un regard très solennel :

– Mon gars, tout semble indiquer que ta proposition correspond exactement à ce qu'il manque à ton oncle. Ce n'est pas tant que Ramón soit malade, c'est qu'il crève d'ennui. L'affaire que tu lui apportes peut lui faire beaucoup de bien; c'est quelque chose de différent, de nouveau pour lui, d'intéressant, et en plus ce n'est pas trop risqué. Qu'il perde un million de pesos ou en gagne deux, ce n'est pas bien important, le plus urgent est qu'il se distraie et arrête de penser à sa maladie.

Je reconsidérai l'histoire que je venais de raconter et me jugeai digne d'admiration. Avec seulement quelques mensonges, je venais de donner une justification à mon voyage à Muérdago et au fric que je comptais taper à mon oncle. De plus, ma barbe, mon poncho de Santa Marta et mes santiags avaient tout d'un coup acquis une certaine respectabilité : c'étaient les attributs de quelqu'un qui parcourt les montagnes à la recherche de minerai.

Don Pepe pencha la tête en arrière et me regarda par-dessous ses lunettes.

– Je te préviens que, si la mine de cryolithe intéresse Ramón, les enfants du Guapo vont te détester.

Il avait l'air ravi.

Le lit préparé par Doña Jacinta était grand et moelleux, avec des draps et des taies immaculés. Une fois allongé, j'ouvris le livre que m'avait recommandé Don Pepe : *Le jardin médicinal,* d'un certain Don Eustaquio Pantoja. Don Pepe m'avait expliqué que cet auteur était un médecin de Cuévano du début du siècle, qui avait consacré sa vie à recueillir, classer et rédiger, dans une langue assez claire, les recettes des guérisseurs indigènes de la région. Je lus donc les différents usages de la belladone, l'utilisation de la rue, et je m'endormis au milieu de la description du pied-de-chat. Je rêvai que j'étais dans l'immense aéroport d'une ville inconnue, en train de chercher La Chamuca sans arriver à la retrouver. Je fus réveillé par le boucan des cloches de l'église, qui annonçaient la messe. Un charmant rayon de soleil filtrait à travers les rideaux. La pièce était toute blanche. Je savourai l'instant, puis repris conscience de la situation où je me trouvais.

Don Pepe et Doña Jacinta étaient dans la cour, en pleine discussion. Habillé d'une vieille veste, sans cravate, Don Pepe essayait de persuader sa femme que la bestiole qu'elle s'apprêtait à écraser de son manche à balai était inoffensive. Elle affirmait au contraire que c'était un mille-pattes à la piqûre mortelle. Il continua à lui expliquer que cet arthropode ne pouvait être ce qu'elle croyait, mais Doña Jacinta, de son balai, en termina et avec la bête et avec l'explication. Don Pepe en devint écarlate mais, s'apercevant justement que j'étais dans le corridor, il préféra me demander si j'avais bien dormi.

– Je voudrais me raser la barbe, lui dis-je. Pouvez-vous me prêter un rasoir?

Leur air d'immense approbation me fit comprendre qu'ils avaient parlé de cette question, et conclu que ma barbe était superflue. Don Pepe me dit qu'il possédait un rasoir anglais, un rasoir de barbier, dont il se servait dans les grandes occasions, par exemple sa fête, ou la veille du réveillon.

– Va le chercher, dit-il à son épouse. Il est dans mon armoire. Amène aussi le flacon d'eau de Cologne.

Tandis que Doña Jacinta s'exécutait, je dis à Don Pepe que j'avais trouvé le livre du docteur Pantoja bien intéressant.

– Garde-le, me dit-il.

Il me montra certaines des plantes qu'il cultivait dans des pots.

– Celle-là s'appelle paxtle, elle appartient à la famille des broméliacées, m'expliqua-t-il en montrant une plante aux feuilles minuscules, avec des fleurs bleues. Elle a des vertus de toutes sortes. En infusion, c'est un somnifère. Macérée, on la place dans les fosses nasales pour soigner le rhume. Mélangée en décoction avec de l'armoise mâle, elle provoque l'avortement.

Il croyait beaucoup à la vertu des plantes médicinales et se lamentait que nombre d'entre elles aient cessé d'être employées.

– Les médecins modernes ne savent pas les utiliser, me dit-il. Ils prescrivent des médicaments bien plus chers que les herbes, et la plupart du temps moins efficaces.

Il ajouta que le docteur Canalejas traitait mon oncle avec un remède de bonne femme qui lui réussissait admirablement.

Je me sentis rassuré, jeune, innocent, en retrouvant mon visage de naguère dans le miroir de la salle de bains. Et mes hôtes m'applaudirent quand je fis mon entrée, sans ma barbe, dans la salle à manger.

On entendait, tout près, une querelle de moineaux. Le ciel bleu cobalt de cette journée de carême couronnait Muérdago. Nous pouvions voir, à gauche, les tours roses de l'église, ainsi que les maisons à deux étages et les lauriers de la Plaza de Armas. Dans notre champ de vision se trouvait aussi la ville basse, bâtie en terrasses et de-ci de-là agrémentée d'une tour, d'une coupole ou d'un frêne isolé. Les cultures s'étendaient au loin et derrière s'élevait la montagne.

Don Pepe et moi étions accroupis près des pots de géraniums. Nous étions montés sur sa terrasse pour observer celle de mon oncle, qui était adjacente. À nos pieds se trouvait le poulailler, plus loin la cour de service, et au fond nous pouvions distinguer une partie de la cour principale et du vestibule. Nous voulions nous assurer, avant de nous y rendre, qu'Amalia serait sortie de la maison de mon oncle. Don Pepe savait qu'elle se rendait tous les matins à son magasin, une boutique de vêtements féminins appelée Chez Amalia.

– Apparemment, me dit-il, elle va seulement demander ce qu'on lui a proposé comme marchandises et récupérer la recette de la veille. Mais cela devrait nous laisser assez de temps.

Les poules se mirent à caqueter, le portillon du poulailler s'ouvrit et une jeune fille y entra, suivie d'un chien.

– C'est Lucero, me dit Don Pepe.

La fille d'Amalia et de son époux, El Gringo, qui dix ans plus tôt n'était qu'une gamine pâlichonne, était devenue une très belle femme. Je l'observai, invisible derrière les géraniums : elle avait des cheveux châtain clair, ses bras étaient dorés. Elle portait sur la hanche une vieille corbeille pleine de maïs, plongea la main dedans et commença à jeter des grains aux poules, tout agitées. De temps en temps, le chien en pourchassait une, qui s'enfuyait épouvantée. Les gestes de Lucero étaient paisibles.

Son maïs terminé, Lucero secoua le panier d'un coup sur sa hanche puis, suivie du chien, sortit du poulailler et referma le portillon. Don Pepe et moi nous redressâmes.

– Qu'est-ce qu'elle est jolie!

– Oui, elle est jolie, répondit Don Pepe, en cherchant ses cigarettes dans sa poche de veste.

Nous nous assîmes sur le banc de pierre de la terrasse pour fumer.

Un instant plus tard, entendant un bruit de talons, nous retournâmes derrière les géraniums. Amalia, suivie à quelques pas de sa fille, entrait dans le vestibule de mon oncle, toute peignée, vêtue de mauve, une ombrelle rose à la main.

– Ta cousine, me dit Don Pepe, est la seule femme de tout l'État du Bas à utiliser un parapluie en temps de sécheresse.

Quand nous entendîmes le portail se refermer, nous descendîmes l'escalier.

Mon oncle Ramón Tarragona était dans le vestibule et lisait *El Excelsior*, assis dans son fauteuil roulant. Don Pepe et moi nous trouvions au milieu de la cour, entre les bégonias et les gouets. Zenaida, la vieille bonne, nous avait ouvert le portail; elle m'avait reconnu immédiatement et s'était montrée heureuse de me voir. « Huit terroristes arrêtés », titrait à la une le journal que mon oncle avait entre les mains. Quand il entendit nos pas, il baissa le journal, montrant son visage. La moitié droite en était celle d'un homme âgé, mais vif et intelligent; par contre, celle de gauche semblait une mauvaise copie de la précédente, dépourvue de toute expression. De ce

35

côté-là, seul l'œil qui me fixait par-dessus les lunettes paraissait encore vivant.

– Devine qui est là? fit Don Pepe.

Pour ma part, je restai là sans bouger, avec à la main mon poncho de Santa Marta et le livre du docteur Pantoja. Je ne savais que faire : je voulais lire ce que disait le journal, je voulais voir le visage de mon oncle, et en même temps je voulais que lui-même décèle dans le mien les traits inéquivoques d'un honnête homme, ce regard franc qui sait regarder en face sans cligner. Je fixai toute mon attention sur mon oncle lorsqu'il entrouvrit la moitié droite de ses lèvres, laissant apparaître des gencives violacées et des dents jaunâtres. Il me fallut un moment pour comprendre qu'il s'agissait d'un sourire.

– C'est Marcos, dit-il.

Sa voix n'avait pas changé.

Son journal tomba quand il leva le bras droit.

– Il veut te faire l'accolade, dit Don Pepe très doucement.

Je montai d'un pas gourd les quatre marches qui séparaient la cour du vestibule et malgré l'incommodité de la situation – le journal par terre, entre moi et les jambes de mon oncle, le fauteuil roulant, dans mes mains le poncho et le livre du docteur Pantoja – je le serrai dans mes bras. J'avais les vêtements tout imbibés de sueur, alors que mon oncle sentait le savon d'importation. Il portait une cravate, un gilet, un pantalon de cachemire.

– Comment vas-tu? furent les seuls mots que je trouvai.

– Je suis dans la merde, comme tu peux voir.

Don Pepe ramassa le journal et le posa sur une table basse.

– Quand es-tu arrivé? me demanda mon oncle.

– Il vient de descendre du car, dit Don Pepe.

Nous avions décidé de ne pas parler de ce qui s'était passé la veille.

– Prenez des chaises, ordonna mon oncle.

Obéissants, nous nous assîmes. Toujours sur un ton de commandement, mon oncle s'adressa à moi :

– Et maintenant, raconte-moi tout. Qu'est-ce que tu es devenu?

Je répétai l'histoire que j'avais racontée à Don Pepe le soir précédent. Pendant ce temps, mon oncle sortit un fume-cigarette de son gilet, se le planta dans la bouche et y inséra une Delicado qu'il alluma de sa seule main droite. Il ne cessa de fumer pendant que je parlais. Don Pepe, qui avait ôté son chapeau, s'assit sur le bord d'un rocking-chair et posa ses mains sur les genoux en me regardant attentivement, comme s'il ne savait pas déjà ce que j'allais dire et que mon récit promettait d'être intéressant. Cette fois encore, je ne mentionnai ni La Chamuca, ni le ministère de la Planification. En revanche, j'agrémentai de nouveaux détails la profession que je m'étais inventée. Je dis à mon oncle que mon bureau était situé dans le quartier de Palma et fournis les noms de trois entreprises censées avoir bénéficié de mes services. Je me sentais tout à fait en confiance, vu l'intérêt avec lequel mon oncle m'écoutait et la bienveillance que je semblais lui inspirer. Il interrompit mon récit :

– Pourquoi es-tu venu?

– Pour te proposer une affaire.

– Ah bon! J'espère qu'elle vaut le coup, dit-il.

Il alluma une nouvelle cigarette sur la précédente.

– De quoi s'agit-il?

– Tu sais ce qu'est la cryolithe?

– Non.

– C'est un minerai qui...

– Ne me dis pas ce que c'est, seulement le rapport avec cette affaire.

– Je sais où trouver de la cryolithe.

– Combien ça coûterait pour l'extraire?

– Un million de pesos.

– Et une fois extraite, combien est-ce qu'on la vendrait?

– Entre quatre et cinq millions.

– Combien de temps pour l'extraire?

– Pas plus de six mois.

– C'est bon, l'affaire m'intéresse.

Don Pepe intervint :

– Ne lui réponds pas de cette manière, dit-il à mon oncle, laisse-le nous expliquer.

Et, s'adressant à moi :

– Comment est-ce qu'on extrait la cryolithe?

– Comme il y a une galerie qui arrive au gisement, c'est très simple; c'est une mine abandonnée.

– Elle est dans l'État du Bas? s'enquit mon oncle.

– Oui.

– Tant mieux : si jamais nous avons des problèmes de licence, le gouverneur nous donnera un coup de main, c'est un ami. J'accepte.

Tout comme Don Pepe, j'avais le sentiment que nous étions tombés d'accord un peu rapidement.

– Je dois t'avertir, mon oncle, lui dis-je, qu'avant de passer à l'investissement final il faudra procéder à une étude de coûts et rendements, pour se faire une idée la plus exacte possible de la quantité de minerai exploitable, et que cela exigera un prélèvement d'échantillons et un relevé topographique : les chiffres que je viens de te donner sont tout à fait approximatifs.

– Cela me paraît une position très judicieuse, dit Don Pepe.

Mon oncle eut un geste de résignation.

– En ce cas, qu'on la fasse, cette étude de coûts et rendements!

C'était le moment que j'attendais.

– Elle coûtera cinquante mille pesos, dis-je.

– Si je peux payer un million, je peux bien payer cinquante mille pesos!

– Mais, même au cas où les résultats de l'étude indiqueraient qu'il vaut mieux renoncer à investir, le prévins-je, il faudra que tu me verses cette somme!

Mon oncle hésita un instant avant de répondre :

– D'accord... Et s'ils indiquent le contraire, nous ferons moitié-moitié. Ça te va?

J'acquiesçai. Mon oncle dit :

– Pousse-moi jusqu'au bureau, nous allons rédiger le contrat tout de suite.

Je poussai le fauteuil roulant, tandis que Don Pepe me guidait et ouvrait la porte du bureau. C'était une grande pièce un peu sombre, avec pour principaux éléments un secrétaire à rouleau et un coffre-fort ancien, en métal noir. Il y avait aussi une bibliothèque comportant quatre livres d'agriculture et une Constitution de l'État du Bas, plusieurs classeurs en bois, un divan, deux fauteuils en cuir. Nous rédigeâmes l'accord à la main, Don Pepe s'occupant d'un exemplaire et moi de l'autre. Je m'engageais à remettre à mon oncle des échantillons de cryolithe de densité supérieure à huit pour cent, dans un délai de cinq jours à partir de la date du contrat. Et mon oncle à me remettre dix mille pesos, à titre d'honoraires, dès réception des résultats de l'analyse, ainsi que des documents prouvant que le gisement que nous entendions exploiter n'était pas déjà inscrit au Service des Mines. Je devais aussi lui remettre dans un délai de dix jours l'étude concernant les coûts et rendements;

quelle que fût la décision ultérieurement prise, il me paierait alors quarante mille pesos. Si la mine entrait en exploitation, j'en deviendrais l'administrateur, mon oncle récupérerait son investissement, puis nous nous partagerions les bénéfices. Mon oncle et moi signâmes et, en qualité de témoins, Don Pepe et Zenaida – laquelle ne savait ni lire ni écrire mais était capable de signer, et qui du reste ne voulut pas même entendre le texte du contrat – apposèrent eux aussi leur signature.

Quand Zenaida fut sortie, mon oncle manipula les boutons du coffre-fort et l'ouvrit. Mais, contrairement à ce que je pensais, ce n'était pas pour y déposer son exemplaire du contrat : il en tira une bouteille de mezcal et trois verres. Comme il riait de ma surprise, Don Pepe m'expliqua :

– Le docteur Canalejas considère qu'un petit verre de temps en temps ne fait pas de mal à Ramón. Par contre, Amalia considère que c'est mortel pour lui.

– Elle ne me laisse pas fumer non plus, précisa mon oncle.

De sa main valide, il remplit les verres, puis il demanda :

– Comment s'appelle cette mine?

– La Covadonga.

– À la santé de la Covadonga, dit-il en levant son verre.

Nous bûmes, et justement nous entendîmes grincer le portail. En un clin d'œil, la scène se transforma. Mon oncle et Don Pepe terminèrent précipitamment leurs verres, mon oncle arracha la cigarette de son fume-cigarette et me la mit entre les doigts sans me laisser le temps de demander ce qui se passait. Il me fit un signe de son œil sain, rangea le fume-cigarette dans la poche de son gilet et, d'un geste rapide, jeta son exemplaire du contrat dans le coffre-fort.

– Cache ça, me dit-il en désignant ma propre copie.

Je la pliai et la rangeai dans ma poche de chemise. Don Pepe, de son côté, avait remis la bouteille et les verres dans le coffre-fort, fermé la porte et brouillé la combinaison.

– Faites semblant de causer ensemble, dit mon oncle.

Nous n'y parvînmes pas. Tous trois, nous écoutions les talons d'Amalia se rapprocher dans le vestibule. Elle s'arrêta sur le seuil et nous fixa d'un air irrité.

– Bonjour, qui est avec toi?

Elle tenait à la main son ombrelle rose, qu'elle n'avait manifestement pas ouverte. Sa robe mauve faisait ressortir les formes spectaculaires d'une jolie femme de l'époque du président López Mateos : des fesses comme des poires, une taille cintrée, des seins d'une fermeté miraculeuse. Sa peau était plus sombre que ses cheveux de fausse blonde, ses sourcils épilés – en revanche, elle avait des poils noirs aux jambes. Des yeux splendides, mais myopes : elle parvint à peine à distinguer nos trois visages et nous adressa un sourire de vague amabilité, qui révélait une dentition extrêmement robuste.

– C'est Marcos, dit mon oncle Ramón.

Son sourire s'effaça.

– Ah, bonjour! Ça sent le tabac.

– Marcos et moi avons beaucoup fumé, mentit Don Pepe.

Mon oncle mit fin à cet intermède :

– Marcos va passer quelques jours chez nous. Fais-lui préparer la chambre d'amis.

Amalia me jeta un regard empli d'animosité, mais sourit à mon oncle et lui dit :

– À tes ordres.

Puis elle fit demi-tour. Nous regardâmes tous trois s'éloigner sa silhouette mauve, soutenue par des jambes

41

qui, je ne sais pour quelle raison, me parurent provocantes.

Je me retrouvai seul, une fois Don Pepe reparti et mon oncle retiré dans sa chambre. La première chose que je fis fut d'aller prendre *El Excelsior* sur la table basse du vestibule et de l'ouvrir. En page 12 figuraient les photos de toutes les personnes qui s'étaient trouvées chez moi la veille, hormis celle de Pancho. Certains avaient là des airs de criminels, particulièrement El Manotas. Lidia Reynoso ressemblait à une héroïne de la Guerre civile espagnole, Ifigenia Trejo à une terroriste repentie. Le texte parlait de notre fête : nous nous serions réunis chez moi « pour préparer de nouveaux coups ». Chacun des sept aurait avoué faire partie du « Groupe de Libération Gualterio Gómez » et être impliqué dans l'incendie des magasins El Globo. Selon l'article, deux autres membres de la bande avaient réussi à s'échapper, mais on pensait qu'ils ne tarderaient pas à tomber entre les mains des agents de la Direction des Recherches. Ni mon nom, ni celui de La Chamuca n'étaient cités. Apparemment, la police n'avait pas remis aux journalistes nos photographies, qu'ils devaient pourtant avoir dû trouver chez nous. Les agents auraient retrouvé la voiture de ces deux fugitifs, abandonnée dans un parking de la Calle de Edison.

Je reposai le journal sur la table basse et gagnai la chambre d'amis, que je connaissais déjà ; c'était la dernière du couloir. En passant devant la porte ouverte de la chambre d'Amalia, je l'entendis qui disait :

– ... Il paraît qu'il est venu lui proposer une affaire...

Elle parlait au téléphone, en même temps qu'elle frottait vigoureusement de la main je ne sais quoi, qui apparemment était tombé dans son décolleté. En m'apercevant, elle s'arrêta net. Nous restâmes un instant à nous regarder en silence, puis elle referma la porte du pied et je continuai dans le couloir. Je l'entendis ajouter :

– El Negro vient de passer et il m'a entendue.

CHAPITRE III

La chambre d'amis avait jadis été celle de deux sœurs jumelles de mon oncle Ramón, décédées très jeunes de la grippe espagnole en la même semaine de l'année 1920. Conservée en l'état, cette pièce servait désormais à loger des visiteurs occasionnels. Je la connaissais déjà, y ayant couché à deux reprises lors de vacances chez mon oncle, quand j'étais enfant. Elle avait gardé un aspect « féminin » : papier peint rose, couvre-lits bleu pâle, tapis bleu foncé, une aquarelle représentant un Pierrot, le tout passablement fané. Une femme se trouvait dans la chambre. Elle avait défait un des couvre-lits et se penchait pour déplier un drap. Je reconnus ses cheveux châtain clair et ses bras lisses, légèrement bronzés. C'était Lucero.

Elle n'avait pas entendu mes pas, ne s'était pas aperçu que j'étais à la porte. Se redressant tout à coup, elle écarta les bras pour lancer le drap ouvert. Nous sursautâmes l'un et l'autre, elle de se rendre compte qu'elle n'était plus seule dans la pièce, moi de découvrir qu'elle était devenue une vraie femme. Elle se ressaisit la première, laissant le drap tomber sur le matelas, et me dit :

— Tu es Marcos.

44

– Et toi, Lucero.

– C'est toi qui m'a appris à jouer à la canasta.

– Tu étais une petite fille maigre, qui pleurait d'ennui dans le vestibule.

Elle m'examina des pieds à la tête.

– Je ne t'aurais pas reconnu, dit-elle.

Ces mots me mirent mal à l'aise. Je posai sur une chaise le poncho de Santa Marta et le livre du docteur Pantoja.

– Moi non plus.

– Tu étais très beau, ajouta-t-elle.

– Toi, horrible.

Elle rit, et entreprit de border le matelas. J'allai à la fenêtre et regardai les ruines des anciennes écuries.

– Ça remonte à quand? demanda Lucero.

– Cela fait dix ans.

– Et maintenant, tu me trouves toujours horrible?

Je la regardai un instant et répondis :

– Non.

Elle rit à nouveau et dit, toujours en faisant le lit :

– Je me souviens du jeu que tu m'avais appris. Il m'arrive encore d'y jouer.

– Moi, par contre, je l'ai oublié. Et qu'est-ce que tu fais, maintenant?

– Je prépare le lit.

– Je ne parle pas de ça. Tu fais des études?

– Je joue aux échecs avec mon oncle.

– Pourquoi? Je veux dire : pourquoi tu ne fais pas d'études?

– Parce que j'ai terminé le lycée et qu'on ne peut pas aller plus loin dans les études, à Muérdago. Je devais partir faire médecine à Pedrones, mais justement mon oncle est tombé malade, alors maman et moi avons dû

45

nous installer dans cette maison pour nous occuper de lui.

– Pas de chance!

– Ça ne fait rien. J'ai trouvé autre chose, je dessine.

– Qu'est-ce que tu dessines?

– Je fais des portraits.

– Et quand tu les as finis, qu'est-ce que tu en fais?

– Je les jette à la poubelle.

Elle ne portait pas de soutien-gorge. Je l'aidai à étendre le couvre-lit.

– Tu t'entends bien avec mon oncle?

– Mieux qu'avec personne, et lui aussi m'aime plus que personne.

Je la considérai avec respect. Le lit était prêt. À ce moment entra Amalia.

– Qu'est-ce que tu fais ici? demanda-t-elle à Lucero.

– Je suis venue faire le lit.

– C'était à Zenaida de le faire.

– Elle était en train de mettre le couvert.

Pendant que je détaillais toute la différence qu'il y avait entre la mère et la fille, Amalia se tourna à nouveau vers moi.

– Où sont tes bagages?

– Sur cette chaise.

Il n'y avait là que le poncho de Santa Marta et le livre du docteur Pantoja. Amalia les regarda un instant, d'un air incrédule, mais ne fit aucun commentaire, se contentant de dire :

– Mon oncle nous attend à table.

Elle sortit de la pièce. Lucero me lança une œillade et lui emboîta le pas. Je fermai la marche.

Il y a toujours eu place pour dix convives, sans difficulté, à la table des Tarragona. Il paraît que lorsque mon oncle avait hérité de cette table, à la mort de ses parents, il avait refusé qu'on en ôte les rallonges; pourtant, durant de nombreuses années, ils n'y mangèrent généralement qu'à deux : mon oncle Ramón et ma tante Leonor, côte à côte tout au bout.

Ce midi-là, la table était toujours aussi immense, couverte d'une nappe immaculée. Sous la tenture jaune, le torse orné d'une serviette blanche fixée par deux pinces, mon oncle paraissait Dieu le Père. Il avait deux couverts à sa droite, trois à sa gauche; devant le second de ceux-ci était assis El Gringo. El Gringo s'appelle en réalité Jim Henry, c'est le mari d'Amalia et le père de Lucero. Un homme de haute taille, une raie dans les cheveux, très imbu de lui-même. Il n'avait pas vieilli d'un pouce depuis dix ans que je ne l'avais vu, et portait toujours la même chemise de bûcheron. Il ne sembla ni étonné ni réjoui de me voir entrer, et ne me tendit même pas la main. Il continua de sortir sa serviette de son rond et la tendit sur ses cuisses.

– Salut, fit-il.

– Salut, répondis-je.

– Pour qui est le sixième couvert? demanda mon oncle.

– Pour mon frère Alfonso, répondit Amalia, il a prévenu qu'il viendrait déjeuner.

– Qu'est-ce qu'il veut?

– Je crois que c'est pour voir comment tu vas et te dire bonjour.

– Il faut dire à Alfonso qu'il me demande si moi-même je souhaite le voir, la prochaine fois qu'il désirera s'enquérir de ma santé et me dire bonjour, plutôt que de te prévenir qu'il vient déjeuner.

Amalia se mordit la lèvre et m'ordonna, d'un ton plutôt féroce :

– Toi, assieds-toi là.

J'étais sur le point de me placer à la droite de mon oncle, à côté de Lucero, mais Amalia me fit asseoir à côté du Gringo, au plus loin de mon oncle. Elle-même s'installa, la dernière, entre El Gringo et mon oncle. À l'instant où elle posa les fesses sur sa chaise, Zenaida entra, portant une soupière de porcelaine blanche. Elle la posa sur la table à côté d'Amalia, qui remplit les assiettes dans l'ordre suivant : mon oncle, El Gringo, Lucero, et moi en dernier lieu. Il s'en fallut de peu qu'elle ne se serve avant moi. El Gringo, dont le cou semblait soudé au tronc, de sorte qu'il ne pouvait tourner la tête sans faire pivoter son torse tout entier, voulut entamer la conversation avec moi :

– Quoi de neuf à Cuévano?
– Je ne sais pas. Ça fait onze ans que je n'y vis plus. J'habite à México.
– Je vois. Et quoi de neuf à México?
Etc.

Lucero étala du beurre sur une tortilla, qu'elle roula en taquito et tendit à mon oncle. Elle en fit une deuxième pour El Gringo et une troisième qu'elle mangea elle-même. À moi, elle ne m'en offrit pas. La soupe de vermicelles fut servie, si j'en crois mes souvenirs, à la manière même de ma tante Leonor, chaque convive y ajoutant à son gré petits morceaux de fromage blanc et de piments frits à l'ail. J'en étais à ma troisième cuillerée quand entra dans la salle à manger un homme aux sourcils très épais et à la moustache extrêmement fine, habillé avec mauvais goût d'un costume vert avocat et d'une chemise jaune paille. Il nous fit signe de rester assis, d'un grand geste des mains, laissant apercevoir des boutons de manchettes rutilants, une montre à gros bracelet et plusieurs bagues en or, en s'exclamant :

– Ne bougez pas, ne vous dérangez pas pour moi, faites comme si je n'étais pas là, continuez de manger tranquillement.

C'était mon cousin Alfonso Tarragona, le banquier, alias El Dorado. Il se dirigea vers l'extrémité de la table et voulut baiser la main de mon oncle – sa main valide –, mais celui-ci refusa de la lui tendre. Alfonso dut se contenter de saisir l'autre main, inerte, posée sur la nappe, et de la porter à ses lèvres. Puis il embrassa sur la joue Lucero, qui avait la bouche pleine, salua Amalia et El Gringo d'un petit signe de la main, et seulement alors parut s'apercevoir de ma présence. Il me reconnut immédiatement et simula une grande joie. Il se dirigea vers moi les bras grands ouverts, faisant le tour de la table, et s'exclama :

– Mon cousin, quelle joie de te voir, quelle agréable surprise!

Tandis que je m'essuyais la bouche et me levais, je me dis que c'était lui, certainement, qu'Amalia avait prévenu par téléphone de l'arrivée du Negro – moi-même – à Muérdago. Nous nous saluâmes dans le style officier, avec force accolades, claques dans le dos et poignées de main. Il alla s'asseoir à côté de Lucero, je continuai à manger ma soupe. Alfonso demanda à mon oncle :

– Ç'a été, tu vas bien, tu n'as pas eu d'autres malaises?

– Je ne vais ni mieux ni moins bien que d'habitude, répondit l'oncle Ramón.

– Comme ça me fait plaisir! dit Alfonso.

S'adressant à nous, il commenta :

– Ils ont une constitution de fer, ces vieux de la vieille, j'en serais jaloux!

Puis, à mon intention :

– Et toi Marcos, quel bon vent t'amène dans ces parages?

49

– C'est un voyage d'affaires.

– Ah, je vois. Et tu en as profité pour venir saluer mon oncle Ramón que tu n'avais pas vu depuis... combien de temps déjà?

– Dix ans.

– Dix ans! C'est incroyable comme le temps passe! Alors, tu n'étais pas là quand ma tante Leonor est morte? Ils l'avaient montée en grade. Avant, c'était « la femme de mon oncle ».

– Non, reconnus-je.

– Ni quand mon oncle est tombé malade, hein?

– Non plus.

– Alors tu dois trouver que tout a bien changé. En tout cas, je suis content que tu aies eu l'idée de venir à cette occasion, ça nous permet de nous revoir.

Il prit une cuillerée de soupe, s'essuya la moustache avec sa serviette et continua à m'interroger :

– Où as-tu mis ta voiture?

– Je ne suis pas venu en voiture, j'ai pris le car.

– Je suis désolé, mon vieux! Quelle histoire! Ça ne doit vraiment pas être pratique!

El Gringo prit la parole :

– Pourquoi tu n'es pas venu en voiture, tu n'en as pas?

La cuillère de soupe qu'Alfonso allait porter à sa bouche s'arrêta à mi-chemin; Lucero cessa de tartiner le beurre sur une autre tortilla destinée à mon oncle; Amalia et El Gringo m'observaient attentivement; seul mon oncle continuait à manger tranquillement.

– Ma voiture est à México, dis-je, dans un garage. J'ai eu un accident.

– Nom de Dieu, quel manque de pot! fit Alfonso.

– Quelle marque? demanda El Gringo.

– Un pick-up International, mentis-je.

Je pouvais difficilement expliquer que ma Volkswagen était entre les mains de la Justice.

– Et pourquoi as-tu un pick-up? demanda encore Alfonso. Tu fais dans l'élevage de porcs, ou quoi?

– Je suis ingénieur des Mines.

Cette profession inventée produisit un respectueux silence durant quinze secondes.

– Et tu n'as pas d'autre voiture? questionna El Gringo.

Je répondis par la négative, ne me sentant guère capable de m'inventer un autre véhicule, et en outre une raison de ne pas m'en être servi.

– Il n'a pas non plus de bagages, annonça Amalia.

Ils me regardèrent en silence un instant, puis Alfonso prit le relais :

– Tu as été obligé de quitter México à toute vitesse, ou quoi?

Tandis que je cherchais une réponse, mon oncle s'adressa à moi :

– Marcos, tes cousins s'intéressent beaucoup aux raisons qui t'amènent à Muérdago. Ne te fatigue pas à inventer des prétextes, dis-leur la vérité : que c'est moi qui te l'ai demandé.

L'attention générale, jusque-là fixée sur moi, se déplaça vers mon oncle. Celui-ci, très calmement, enfourna une portion de vermicelles qui se révéla trop copieuse et qu'il engloutit à grand bruit. En voyant Lucero préparer pour moi le taquito suivant, je compris que mes tourments prenaient fin.

– Si tu as besoin d'une chemise, je peux t'en prêter une, me dit El Gringo.

– Merci, je n'en ai pas besoin, répondis-je.

Pourtant, celle que je portais était trempée de sueur.

– Si tu veux aller quelque part, dit Alfonso, que ce

soit pour ton travail ou pour visiter les environs, ne prends pas le car : passe au Banco de la Lonja, juste au coin de la rue, et demande le directeur général, c'est-à-dire moi. Tu n'auras qu'à me dire tranquillement : « Alfonso, j'ai besoin de la voiture », et je te prêterai ma Galaxie dans la minute.

Quand Zenaida amena le ragoût, Amalia modifia l'ordre du service et me tendit une assiette juste après celle de mon oncle. Un peu plus tard, lorsque nous sortîmes de table, tandis qu'El Gringo allumait une cigarette, qu'Alfonso et Lucero poussaient le fauteuil de mon oncle vers le corridor, elle me prit par le bras et me dit, avec un sourire qu'elle voulait coquet :

– J'imagine que tu n'as pas raconté à mon oncle que tu étais arrivé à Muérdago hier soir, et que je ne t'ai pas laissé entrer ?

– Je ne lui ai rien raconté, et je n'avais pas l'intention de le faire.

– Tu as raison. Cela l'aurait contrarié et aurait pu lui faire du mal. En plus, c'est de sa faute. Il ne m'avait pas avertie qu'il t'avait demandé de venir et qu'il t'attendait. Parce que, il faut que tu le saches, il nous a donné des ordres stricts pour ne laisser entrer dans cette maison que les membres de la famille et ses amis les plus proches.

Ayant prononcé cette phrase, Amalia s'aperçut qu'elle avait fait une gaffe et tenta de se rattraper :

– Bien sûr, toi aussi tu es de la famille, mais...

– Ne t'en fais pas, je comprends ta position.

Nous nous donnions le bras et dûmes nous presser un peu l'un contre l'autre pour franchir le seuil ; je sentis sa fesse appuyer ma cuisse. Je n'aurais su dire si c'était accidentel. La partie de ma chemise qui avait été à son contact resta imprégnée de son parfum d'héliotrope.

Alfonso prit congé en disant qu'il avait rendez-vous à seize heures avec un représentant du gouverneur de l'État. Il me proposa à nouveau sa Galaxie et partit. Nous gagnâmes nos chambres respectives pour faire une petite sieste. Poussé sur sa chaise par Zenaida et Lucero, mon oncle se retira dans la sienne, la plus grande, juste après le bureau, et la seule qui comportât une salle de bains personnelle. Amalia et El Gringo ouvrirent la seconde porte du corridor; Lucero avait la troisième chambre, la chambre bleue, la quatrième étant celle des invités. Je n'y entrai pas mais ouvris la porte d'en face, celle de la salle de bains.

C'était une pièce immense, aux murs de carrelage blanc. Les W.-C. étaient juchés sur une estrade, le lavabo faisait un mètre vingt de large et toute une famille aurait pu s'entasser dans la baignoire. Des culottes noires à dentelles pendaient à l'un des robinets de la douche. Au vu de leur taille, je supposai qu'elles appartenaient à Amalia. On pouvait fermer la porte, mais non tirer le verrou, qui était cassé.

Une fois dans ma chambre, je sortis ce que j'avais dans ma poche de chemise – mes soixante et un pesos, et le double du contrat établi avec mon oncle – et posai le tout sur la commode. Je retirai mes santiags, constatai qu'une de mes chaussettes était trouée, et me couchai sur le lit qu'avait préparé Lucero. Je rappelai à ma mémoire deux images de La Chamuca : son visage en pleurs derrière la vitre du car qui démarrait, et son corps nu quand, après avoir retiré le couvre-lit, elle n'avait pas voulu faire l'amour, de peur qu'Evodio ne nous entende. Le cenzontle en cage qui se trouvait dans le corridor s'était mis à chanter; le clocher sonna quatre heures; un bourdon entra par la fenêtre ouverte et ressortit après une brève exploration. J'entendis retentir dans le corridor

53

les talons d'Amalia, la porte de la salle de bains s'ouvrit et se referma. Quelques instants s'écoulèrent.

Je ne sais quel bruit insignifiant me fit regarder vers la porte, toujours est-il que je vis la poignée tourner lentement et la porte s'ouvrir, faisant apparaître les cheveux blonds puis les sourcils noirs d'Amalia. Je refermai les yeux. Le bruit de ses pieds nus sur le carrelage m'indiqua qu'elle était entrée dans la chambre. Puis plus rien. J'entrouvris à nouveau les yeux et, entre mes cils, je constatai qu'Amalia examinait le livre du docteur Pantoja. N'y trouvant pas ce qu'elle cherchait, elle le reposa sur mon poncho, regarda autour d'elle et fit un pas vers la commode. À ce moment-là je remuai, à la manière d'un dormeur sur le point de se réveiller. Amalia se figea, puis fit volte-face et sortit de la pièce. J'entendis le bruit de ses talons s'éloigner. J'en étais encore à essayer de comprendre la signification de cette étrange visite, quand je sombrai dans le sommeil.

Il était plus de cinq heures du soir quand je me réveillai. Je sortis dans le corridor et vis Amalia en compagnie de deux hommes. Je reconnus mes autres cousins : Gerardo le juge et Fernando l'agriculteur. Je n'entendais pas ce que disait Amalia. Gerardo écoutait, les bras croisés et les sourcils en bataille; Fernando, l'air pensif, se caressait la moustache. Leur attitude me fit soupçonner qu'Amalia leur racontait ce qui s'était passé depuis mon arrivée et ce que mon oncle avait dit à table. Fernando, m'apercevant, donna un coup de coude à Amalia, me fit un salut de la main et esquissa un sourire crispé; Gerardo, plus communicatif, ouvrit grands les bras en s'exclamant :

– Mon cousin! Viens que je t'embrasse!

Tous deux vinrent à ma rencontre, tandis que leur sœur, restée en arrière, ajustait les bretelles de son soutien-gorge. Gerardo est gros, chauve, le teint rose; Fernando, maigre et dégingandé. Gerardo portait un costume en cachemire, Fernando une veste et des pantalons de coutil. Gerardo me fit une accolade très serrée, Fernando me tendit seulement le bout des doigts.

– Amalia nous a dit que tu allais rester quelques jours à Muérdago. Ça me fait plaisir, et à Fernando aussi, n'est-ce pas, Fernando?

– Oui, ça me fait plaisir.

– Tu sais, il n'y a pas grand-chose à faire ni à voir dans ce bled mais, de toute façon, si tu as besoin d'aller quelque part, tu peux compter sur moi et aussi sur Fernando, n'est-ce pas, Fernando?

– Oui, si tu en as besoin, tu peux compter sur moi.

– Si tu n'as rien à faire et que tu t'ennuies, viens donc me voir au tribunal, nous pourrons discuter ou jouer aux dominos. Fernando peut aussi t'emmener à l'hacienda, n'est-ce pas, Fernando?

– Oui, si tu veux y aller je t'y emmènerai.

– En ce moment, c'est la saison des melons, dit Amalia qui venait de se joindre à nous.

Nous entendîmes le bruit d'un ballon; deux jeunes garçons venaient d'entrer dans la cour, jouant au football sans aucun égard pour les fleurs.

– Ce sont mes fils, dit Gerardo avec fierté. Je les amène souvent dire bonjour à mon oncle Ramón, qui les adore. N'est-ce pas, Fernando?

– Oui, apparemment ils ne lui déplaisent pas.

Mon oncle apparut à ce moment-là à la porte de sa chambre, sur son fauteuil roulant que poussaient Lucero et Zenaida. Voyant les garçons jouer au ballon, il dit :

– Gerardo, arrange-toi pour que ces mioches aillent jouer ailleurs.

– Les enfants, venez saluer votre oncle Ramón, ensuite vous pourrez rentrer à la maison.

Les enfants allèrent baiser la main valide de mon oncle, puis partirent sans dire au revoir à personne. Pendant qu'ils se dirigeaient vers le vestibule, mon oncle dit à Lucero :

– Apporte-moi un chiffon avec de l'alcool, pour me nettoyer la main.

Gerardo s'approcha de moi et m'expliqua à voix basse :

– Je trouve très important que les jeunes soient en contact avec la vieillesse et se familiarisent avec elle. Qu'en penses-tu, cousin?

Je lui exprimai mon accord.

– Mes enfants, savez-vous de quoi j'ai envie? nous demanda mon oncle pendant que Lucero lui nettoyait le dos de la main. D'aller voir le coucher de soleil à la pointe de la Loma de los Conejos.

Il y eut un instant de silence. Manifestement, mes cousins n'avaient pas la moindre envie d'aller voir le coucher de soleil, ni là ni ailleurs. Mais ils se ressaisirent.

– Eh oui, c'est une bonne idée, répondit Gerardo. N'est-ce pas, Fernando?

– Si mon oncle le veut, allons-y!

– Oui, je le veux, et je veux que tu viennes toi aussi, Marcos, conclut mon oncle.

Nous portâmes à trois le fauteuil roulant pour descendre les quatre marches séparant le corridor du vestibule. La voiture de Gerardo était garée devant la porte. Lucero et Zenaida déplacèrent mon oncle de son fauteuil au siège avant de la voiture. Cette opération semblait facile mais, une fois parvenus à la colline, nous nous retrouvâmes en nage, à trois hommes, après avoir remis mon oncle dans le fauteuil roulant.

– Pousse-moi jusque là-bas, dit mon oncle à Fernando en lui indiquant le bord du précipice.

Mon oncle donnait à mes cousins des ordres brefs, jamais accompagnés d'aucun « s'il te plaît », et se comportait avec eux comme en présence d'Amalia, c'est-à-dire tout autrement qu'il n'avait fait devant Don Pepe et moi : il n'avait pas essayé de fumer ni prononcé de gros mots. Tandis que Fernando et mon oncle s'éloignaient, Gerardo prétexta devoir aller chercher un mouchoir pour éponger sa transpiration; en réalité, il voulait me parler en tête à tête.

– Amalia dit que mon oncle t'a demandé de venir. Par quel moyen t'a-t-il contacté?

Je compris qu'il fallait continuer à mentir.

– Par lettre, dis-je, tout en me demandant si mon oncle était en condition d'écrire une lettre entière.

Mais c'était bien le cas, comme le montra la question suivante de Gerardo :

– Et qu'est-ce qu'il te disait dans cette lettre?

– Qu'il voulait me voir.

– A quel sujet?

– Il ne le disait pas.

– Écoute, il doit bien y avoir une raison pour qu'après tant d'années il ait voulu te voir. Laquelle, à ton avis?

– Gerardo, demande ça à mon oncle, lui seul connaît la réponse.

– Il la connaît, mais il me répondra de m'occuper de mes oignons.

– J'en pense autant.

Nous affichions tous deux un sourire. Cet échange se déroulait dans une parfaite bonne humeur.

– Cousin, tu es injuste, dit Gerardo, parce que c'est important pour moi. Sois sincère. Tu ne crois pas que cette lettre de mon oncle est liée à l'héritage?

– Quel héritage?

– Celui que mon oncle va laisser à ses neveux.

– Il ne m'a absolument pas parlé de me laisser un héritage, répondis-je.

C'était ma première phrase véridique de toute la journée.

– Il t'a dit quelque chose, à toi?

– Pas explicitement.

Avant de se décider à parler franchement, il me dévisagea de ses petits yeux vert, blanc, rouge.

– Mais c'est sous-entendu. Prenons l'exemple de mon frère Alfonso. Quand mon oncle est tombé malade, il lui a dit : « Occupe-toi de mon portefeuille. » Il s'agit des actions qu'il possède, et elles sont nombreuses. Alfonso se charge de surveiller les investissements, de percevoir les dividendes, de remettre à mon oncle ce dont il a besoin pour ses dépenses courantes, de réinvestir les bénéfices. Pour faire ce travail, Alfonso n'a pas revendiqué la moindre commission, et mon oncle ne lui a pas proposé un sou. Qu'est-ce que tu en déduis? Qu'Alfonso héritera de ce portefeuille, le triste jour où mon oncle mourra. C'est pour cette raison qu'il le lui a confié, pour qu'il s'habitue à le gérer. Avec Fernando, c'est pareil. Fernando vit à l'hacienda, il travaille dur, s'occupe de la comptabilité et du matériel. Mon oncle le paie ni plus ni moins que le contremaître : quatre mille pesos par mois. Qu'est-ce que ça signifie? Que Fernando héritera de la Mancuerna. Quant à ma sœur Amalia, mon oncle lui a dit : « Viens vivre chez moi avec ta fille. » Tu vois bien que pour elle, c'est une gêne. El Gringo dort tout seul chez lui. Il est logique qu'à la mort de mon oncle Amalia hérite de la maison de la Sonaja. En ce qui me concerne, j'administre les maisons du quartier de San Antonio, où vivent de véritables malfrats. Tu

58

n'as pas idée du travail que ça représente de recueillir les loyers, même s'ils ont peur de moi parce que je suis juge. Le jour où mon oncle mourra, j'abattrai ces maisons et je vendrai le terrain pour y construire des usines ou des entrepôts, vu qu'il est situé près d'une route. Tu comprends la situation, maintenant?

– Oui, c'est très clair.

– Si tu crois ça, c'est que tu n'as pas bien compris. Non, la situation n'est pas claire. Tu n'entrais pas en ligne de compte dans les calculs que nous avions faits tous les quatre. C'est pour ça que je te demande, en notre nom à tous, dès que tu sauras ce que tu dois hériter de mon oncle, de nous avertir. Comme ça, nous saurons ce qui en fin de compte ne nous reviendra pas, et nous pourrons faire nos comptes. Tu n'es pas d'accord pour qu'on trouve une entente, entre cousins?

– Mais si, je suis d'accord, répondis-je.

Nous nous sourîmes pour conclure ce pacte et nous serrâmes la main.

Fernando avait amené le fauteuil roulant sur une plate-forme rocheuse d'où mon oncle pouvait confortablement contempler le panorama. À ses pieds s'étendaient les terres fertiles de la Mancuerna, limitées d'un côté par des collines pelées et de l'autre par de minables lotissements.

– ... Quand tu auras fait pousser ces lentilles, disait mon oncle à Fernando, sème du sorgho au même endroit; puis, à la fin de la saison des melons, affleure la terre et sème de la luzerne.

– Si tu penses que c'est le mieux, je ferai comme tu dis, répondit l'autre.

Mon oncle se tourna vers moi. Manifestement, la vue de ses terres le rajeunissait.

– Qu'en penses-tu, Marcos? Est-ce qu'on ne dirait pas une émeraude au milieu d'une décharge?

Je contemplai le blé, aux reflets déjà argentés, les champs où s'alignait sagement le sorgho rougeoyant, les parterres de fraises, etc. Jusqu'à nous montait le ronflement de plusieurs tracteurs.

– Tout ça est très bien, lui dis-je.

– C'est lui, précisa mon oncle en désignant Fernando, qui administre ces terres, et il ne s'en tire pas mal. Les ensemencements ne sont pas meilleurs que lorsqu'ils étaient à ma charge mais pas plus mauvais non plus, ce qui veut dire beaucoup.

– Je n'y ai aucun mérite, dit Fernando : il m'a suffi de semer, d'arroser et de récolter...

Gerardo intervint pour m'expliquer :

– Fernando veut dire que quand il est arrivé à la Mancuerna, tout était en de si bonnes mains et dans un ordre tellement parfait qu'il aurait été impossible de commettre la moindre erreur.

– Il n'est jamais impossible de commettre une erreur, dit mon oncle.

Nous regardâmes les terres en silence un bon moment, puis mon oncle, en désignant le lointain, évoqua le passé :

– Ces eucalyptus que vous voyez là-bas, je les ai plantés moi-même il y a trente ans.

Nous regardâmes les eucalyptus, puis mon oncle nous indiqua une autre direction.

– Et ces frênes, je les ai plantés il y a quarante ans.

Nous regardâmes alors les frênes. Mon oncle s'exclama :

– Regardez cet urubu!

Nous regardâmes voler l'urubu, jusqu'à ce que mon oncle reprenne :

– À propos, Marcos, pour le voyage que tu dois faire

demain, je me suis dit que la Galaxie d'Alfonso n'était pas la voiture qu'il te fallait. Il vaut mieux que Fernando te prête sa Safari, car le chemin que tu devras prendre est plutôt mauvais.

Je n'avais aucune idée de ce chemin plutôt mauvais que j'aurais à parcourir le lendemain, vu que je n'avais absolument pas prévu avec mon oncle d'aller où que ce fût. Lui me fixait sans ciller, l'air très sérieux. Mes cousins se regardaient entre eux.

– De quel chemin parles-tu? demanda Gerardo.

Immédiatement, mon oncle lui répondit :

– Celui qui mène à un endroit où Marcos et moi allons monter une affaire.

Gerardo se tourna vers moi, s'attendant que j'éclaircisse ce point. Fernando, par contre, se déclara tout de suite vaincu et dit à mon oncle :

– La Safari t'appartient, tu en fais ce que tu veux. Si tu penses que Marcos en a besoin pour aller quelque part, c'est bon, je la laisserai demain à huit heures devant ta porte.

– Ça te va, huit heures? me demanda mon oncle.

– L'heure qui conviendra à Fernando me conviendra aussi.

– Très bien, à huit heures, alors, conclut mon oncle, mettant fin à la conversation. Allons jouer au poker au Casino.

– Si tu veux aller au Casino, allons-y, répondit Fernando.

Et il se remit à pousser le fauteuil en direction de la voiture.

Gerardo et moi nous retrouvâmes à nouveau en arrière.

– Quelle est donc cette affaire que tu montes avec mon oncle? demanda-t-il.

– Ne me pose pas de questions, je ne peux pas y

répondre. J'ai donné ma parole d'honneur à mon oncle de ne rien révéler à ce propos. Demande-le-lui plutôt...
– Il va me répondre que ça ne me regarde pas.
– Et il aura sans doute raison.
– Cousin, pourquoi est-ce que tu es comme ça avec moi ?

Paco, l'administrateur du Casino, un gringalet de sang purement espagnol, vint dans le hall saluer mon oncle, lui témoignant autant de déférence que s'il s'agissait du maître des lieux. Il envoya les garçons de salle ouvrir le petit salon de l'entresol qui plaisait à mon oncle, alla chercher les jetons de corne qu'il gardait dans le coffre-fort, et durant la partie vint plusieurs fois nous demander s'il pouvait nous offrir quelque chose. Mon oncle but de l'eau minérale, ne fuma pas, ne dit aucun gros mot, et gagna toutes les parties sauf une. Pour ma part, je passai un mauvais moment, car les mises de départ étaient de deux cents pesos; or je n'en avais que soixante et un en poche.

Mon oncle se mit à blaguer. Il dit que la situation dans laquelle il se trouvait lui rappelait une histoire :
– Pepito va à l'école, et la prof de zoologie explique les habitudes de la hyène. « La hyène, dit la prof, est un animal qui vit dans des contrées arides, s'alimente de viande putréfiée, s'accouple une fois par an, et qui rit. Est-ce clair? Y a-t-il des questions? » Pepito lève la main et dit : « Je n'ai pas compris, madame; si la hyène est un animal qui vit dans des contrées arides, qui s'alimente de viande putréfiée et qui s'accouple une fois par an, qu'est-ce qui la fait rire? »
Nous rîmes tous, en particulier Gerardo qui s'en étouffa presque.

– Je me sens comme ça, moi, dit mon oncle. Qu'est-ce qui me fait rire?

Fernando mélangea et distribua les cartes.

– Suite plus forte que tierce? demandai-je.

Les trois me répondirent que oui; mais, peu après, je tirai une suite et mon oncle une tierce, qui battait ma suite, m'affirma-t-on; mon oncle ramassa les mises.

– La tierce est plus forte que la suite, au poker ouvert à sept cartes, et c'est la partie que nous jouons, m'expliqua Gerardo en voyant mon mécontentement.

Un peu plus tard, je trouvai une tierce et mon oncle une suite – toujours au poker ouvert à sept cartes. Cette fois, la suite battit la tierce, et mon oncle empocha encore l'argent. Je regardai Gerardo, attendant une nouvelle explication, mais il était trop occupé à battre les cartes pour prendre le temps de me répondre.

– Je n'ai rien, dit Fernando, je laisse.

Il jeta ses cartes sur la table avec tant de force qu'elles se retournèrent. Je suis sûr d'y avoir vu deux paires. Mon oncle gagna la partie avec une paire de huit.

Une autre fois, Gerardo qui avait une paire de reines et deux quatre ne voulut plus miser et rejeta deux cartes, sans montrer son jeu. Mon oncle gagna avec une tierce.

Il me restait bien peu de jetons quand je reçus dans les mains une couleur. J'y allai carrément et pariai tous mes jetons, plus cinquante pesos que je sortis de ma poche. Mes cousins poussèrent un peu, puis se retirèrent du jeu, et mon oncle égala pour voir. Quand je lui montrai mes cinq cœurs, il devint tout rouge.

– Très beau jeu, dit-il en posant deux paires sur le tapis.

Ni Fernando ni Gerardo n'osèrent prétendre que deux paires sont plus fortes qu'une couleur. Je ramassai les mises. Mon oncle déclara alors :

– Je suis fatigué, partons.

Je repris mes cinquante pesos et parvins tout juste à rembourser la mise de départ. Personne ne se rendit compte que j'avais joué avec pratiquement rien dans la poche, ce qui, je suppose, aurait choqué en tout cas mes cousins. Mon oncle avait gagné quatre cent cinquante pesos, qu'il mit dans son gilet. Gerardo avait perdu le tour sur lequel nous avions joué les boissons. Il les paya et nous repartîmes.

Mon oncle et moi prîmes le goûter dans la salle à manger, café au lait et gâteaux, servis par Amalia : Lucero était sortie et Zenaida lavait le sol de la cuisine. Notre collation terminée, mon oncle s'essuya la bouche et dit à Amalia :

– Je veux parler en tête à tête avec Marcos dans mon bureau. Apporte-lui une bouteille de cognac et un ballon; à moi, une bouteille de Tehuacán et un verre à eau.

Je poussai la chaise roulante de mon oncle jusqu'au bureau et m'assis en face de lui dans un des fauteuils de cuir. Il me dit :

– Ne te sens pas obligé d'aller nulle part, demain. Si j'ai demandé la Safari à Fernando, c'est seulement pour embêter tes cousins. Je suis sûr qu'ils ne vont pas fermer l'œil de la nuit, en se demandant quelle est l'affaire que nous sommes en train de monter tous les deux.

Et il riait de plaisir, en pensant à cette insomnie que provoquerait sa plaisanterie.

– Maintenant que tu m'as procuré la voiture, lui dis-je, je vais m'en servir. Demain je t'apporterai les échantillons.

Amalia entra et posa sur la table basse un plateau avec une bouteille de Martell et une d'eau minérale, ainsi que deux verres.

– Marcos, me dit-elle d'un ton très solennel, il faut que tu saches que mon oncle n'a le droit ni de boire ni de fumer.

– Ferme la porte en sortant, ordonna mon oncle.

Dès qu'Amalia fut partie, il ouvrit le coffre-fort, en sortit un des verres dont nous nous étions servis à midi pour boire du mezcal, le posa sur la table basse, m'indiqua d'un geste de le lui remplir et le vida cul sec, sans même prendre le temps de dire : « Santé! » Il poussa un soupir de satisfaction et répéta les mêmes gestes. Je remplis une troisième fois son verre.

– Je vais te demander un service, dit mon oncle : aussi longtemps que tu seras dans cette maison, je veux que tu boives du cognac tous les soirs après dîner et que tu fumes des cigarettes Delicados, celles que j'ai l'habitude de fumer. Comme ça, les femmes croiront que c'est toi qui fumes et qui bois. Tu comprends? Je veux que tu me serves d'écran.

– Ce sera avec plaisir, mon oncle.

Quand Amalia revint pour ramasser, je la vis regarder la bouteille de cognac à moitié vide et les huit mégots dans le cendrier. Elle ne fit aucun commentaire.

CHAPITRE IV

Je dormis mal. Comme il faisait trop chaud, je me déshabillai, ôtai les couvertures et ne gardai que le drap. J'ouvris la fenêtre, ce qui laissa entrer des moucherons. Amalia, que je me représentai en robe de chambre marron, avec des mules en plume et à talons, me réveilla quatre fois en passant à la salle de bains. La cloche de l'église sonnait tous les quarts d'heure. Réveillé, je m'interrogeais sur le sort de La Chamuca, et quand je retrouvais un peu le sommeil je rêvais qu'elle avait été renversée par un camion de déménagement. Le cenzontle se mit à chanter dès cinq heures du matin; à six heures j'entendis sonner la première messe, puis les moineaux commencèrent à se chamailler. Je décidai qu'il fallait joindre La Chamuca le jour même. À sept heures je me levai, enfilai mon pantalon, attrapai la serviette que Lucero avait posée sur une chaise et allai à la salle de bains. Les culottes d'Amalia étaient toujours accrochées au robinet de la baignoire. Je les mis sur la patère et pris mon bain.

Quand je rentrai dans ma chambre, je découvris Lucero au milieu de la pièce.

Je m'arrêtai au seuil de la porte, tout surpris. Elle portait une chemise de nuit en coton extrêmement pudique, genre vieille fille anglaise, et me regardait d'un air troublé, une main posée sur la chaise où j'avais laissé ma chemise. Soudain elle sourit.

– Ferme la porte, me dit-elle.

Je fermai la porte.

– Je suis venue pour t'embrasser.

Elle s'avança vers moi – j'avais encore la serviette mouillée à la main – et, m'enlaçant, me donna le baiser le plus parfait, techniquement parlant, que j'aie jamais reçu de ma vie. Je lâchai la serviette et voulus lui retirer sa robe de chambre. Son corps était très agréable à toucher, mais elle se défendit avec une fermeté et une énergie inattendues, me repoussa et dit :

– Ça suffit comme ça.

Elle sortit de la chambre. Je me plantai devant la coiffeuse, sans bien comprendre ce qui venait de se passer, et me regardai dans le miroir : j'y vis un homme bouche bée et torse nu, le pantalon déformé par la bosse de son érection.

Après avoir remis ma chemise, quelques instants plus tard, je m'aperçus que mes soixante et un pesos, ainsi que le double du contrat, avaient changé de place.

En entrant dans la salle à manger, j'y trouvai mon oncle qui trempait un biscuit dans sa tasse de chocolat. Il répondit à mon salut par un clin d'œil. Amalia se tenait debout à ses côtés et comptait les gouttes de potion qu'elle versait dans son verre. Sa robe de chambre, que je m'étais imaginée marron, était en réalité jaune et faisait ressortir sa peau brune, rendant ses cheveux teints en blond encore plus ridicules. Elle remit le compte-gouttes dans le flacon et me sourit aimablement.

– Tu as bien dormi?

– Très bien.

– Moi, je parie que tu as mal dormi, dit mon oncle.

Il mordit dans son biscuit et ajouta, la bouche pleine :

– Personne n'a jamais bien passé sa première nuit dans cette maison.

Il avala sa dernière gorgée de chocolat, s'essuya la bouche avec la serviette, saisit le verre de potion que lui avait préparé Amalia et le but entièrement, puis le reposa sur la table et poussa un rot.

– Avant, je trouvais ce médicament dégueulasse, mais je m'y suis habitué et je ne lui trouve plus aucun goût particulier.

– Qu'est-ce que c'est? demandai-je.

– De l'agua zafia, dit Amalia. Ça lui a fait beaucoup de bien. Que veux-tu pour ton déjeuner? ajouta-t-elle.

Je lui dis ce que je souhaitais prendre, et elle sortit de la pièce avec à la main une petite bouteille violette sur l'étiquette de laquelle je pus lire : Farmacia La Fe – la pharmacie de Don Pepe Lara.

– La Safari est devant la porte, comme convenu, me dit mon oncle.

Il sortit une clef de la poche de son gilet, la posa sur la nappe et, non sans adresse, l'envoya devant moi d'une vive chiquenaude.

– Le réservoir est plein.

Je fus content d'apprendre que je n'aurais pas à dépenser en essence mes soixante et un pesos, et je pris la clé. Mon oncle dit :

– C'est un des tractoristes de l'hacienda qui a amené la Safari. Il l'a laissée devant la porte, a mangé un taco que lui a donné Zenaida, puis est retourné à la Mancuerna à pied.

Je savais que cela représentait deux heures de chemin.

– Je le remercie pour cette peine, et je remercie aussi Fernando, dis-je.

– La Safari est à moi, et le tractoriste, je le paie, répondit mon oncle.

– Eh bien, c'est toi que je remercie!

– Ne fais pas le crétin. As-tu besoin d'autre chose?

Je réfléchis un instant avant de dire :

– Une lanterne sourde, un marteau et un ciseau.

– Demande-les à Zenaida.

Il porta la main à l'autre poche de son gilet et en sortit un billet qu'il plia en quatre, posa sur la nappe et envoya devant moi d'une nouvelle chiquenaude. C'était un billet de mille pesos.

– Voilà. Avance sur honoraires. Au cas où tu en aurais besoin.

– Et pourquoi en aurais-je besoin?

– Lucero a fouillé tes vêtements et m'a dit que tu n'avais que soixante et un pesos.

Je décidai d'aller changer le billet au Banco de la Lonja, car il est parfois difficile d'obtenir de la monnaie sur mille pesos. Cette banque est un vieux bâtiment qui fait le coin de la Calle de la Sonaja et de la Plaza de Armas, à un demi-pâté de maisons de chez mon oncle. Je me mis derrière trois personnes qui faisaient la queue devant l'un des guichets et attendis mon tour. Je n'étais pas là depuis une minute que je sentis une main me presser le bras comme une tenaille. C'était Alfonso.

– Mais qu'est-ce que tu fais dans cette file, alors que tu as toutes tes entrées dans cette banque? Viens donc par ici!

Nous passâmes derrière le comptoir par une petite porte et traversâmes les bureaux de l'établissement pour gagner le bureau personnel d'Alfonso. Au mur étaient accrochés deux portraits en couleurs de même dimension : celui du gouverneur de l'État et celui du président de la République. Tous deux étaient présentés sous un aspect bien flatteur.

– Si monsieur le Président visite cette humble demeure, me dit-il en s'apercevant que je regardais ces portraits, je mettrai un autre portrait que j'ai de lui et qui est plus grand. Mais comme monsieur le Gouverneur vient très souvent, pour l'instant je laisse ça comme ça.

Il me fit asseoir dans un étroit fauteuil et alla s'installer dans un autre, plus ample, derrière son bureau à pattes de tigre.

– Qu'est-ce que je t'offre, Marcos?

– Je voulais seulement changer un billet.

Je le lui tendis. Il le déplia, l'examina avec beaucoup d'attention, ouvrit un tiroir, compara le numéro avec une liste, parut satisfait, rangea la liste et appela :

– Elenita!

Apparut une femme brune avec beaucoup de rouge sur les lèvres, une coiffure frisée qui ne lui était certainement pas naturelle, et une robe ostentatoire.

– Elenita, je te présente mon cousin Marcos González. Marcos, voici ma secrétaire personnelle, Elenita Céspedes.

– C'est un plaisir, fîmes-nous à l'unisson.

– Elenita, mon cousin veut changer ce billet de mille.

Il lui passa le billet et me demanda :

– Tu voudrais ça sous quelle forme, cousin?

– Huit cents pesos en billets de cent et le reste en billets de dix, répondis-je en regardant Elenita.

– Huit cents en billets de cent et le reste en billets de dix, répéta Alfonso à Elenita comme si elle n'avait pas entendu.

– Très bien, patron, répondit-elle.

Puis elle sortit.

– J'aime à être entouré de belles choses, me dit Alfonso.

Je mis un certain temps à comprendre qu'il parlait d'Elenita. Il poursuivit :

– J'ai vu la voiture de Fernando garée devant chez mon oncle, ce qui me donne à penser que tu as renoncé à l'offre que je t'ai faite hier, de te prêter ma Galaxie.

– C'est que je vais prendre des chemins très mauvais. Mon oncle et moi nous sommes dit que je risquais d'abîmer ta voiture.

– Je ne te demande pas d'explications, je voulais seulement te dire deux choses. Premièrement, que je maintiens mon offre, et deuxièmement qu'à mon avis tu n'as pas bien choisi : on ne peut pas comparer la boîte à sardines de Fernando avec une Galaxie, qui se conduit pratiquement toute seule.

Elenita entra, remit les billets à Alfonso et ressortit. Alfonso me tendit l'argent et dit :

– C'est mon oncle qui t'a donné ce billet de mille pesos, n'est-ce pas?

– Oui.

– Je le savais; à cause du numéro de série.

Il fit une pause. Moi, gêné, je remuai sur mon siège. Il reprit :

– Ne te crois pas obligé de me dire pour quelle raison il te l'a donné. Je te fais simplement cette observation pour que tu saches que je suis au courant de tes affaires.

Nous nous séparâmes avec une fausse cordialité et je sortis de la banque en regrettant d'y être venu. J'allai chercher la Safari et réussis à la faire démarrer, après plusieurs tentatives. Je tournai un moment dans les rues de Muérdago avant de trouver la sortie vers la route de Cuévano.

C'est une route qui descend d'abord entre les acacias, en faisant un long virage, puis se fait plus étroite, passe un pont sur la rivière et remonte sur la colline d'en face.

71

Cet endroit s'appelle ou s'appelait, je ne sais pourquoi, « les García ». L'embranchement se trouve en haut de cette côte.

Un panneau tout récent indiquait :

Hôtel et station balnéaire
El Calderón
Chambres de luxe!
Cuisine internationale!
Eaux thermales!
Profitez-en! (10 km)

Le sentier était toujours semblable; il quittait la route asphaltée pratiquement à angle droit puis virevoltait sur la pente, parmi les cactées. Ni les propriétaires de l'hôtel ni les gens du ranch ne l'avaient entretenu depuis dix ans ni même, à bien y penser, depuis vingt ans. La voiture était secouée par les pierres qu'elle s'envoyait elle-même en roulant, et parfois plongeait dans des ornières dissimulées par une fine poussière. J'avais parcouru environ trois cents mètres depuis l'embranchement, quand je distinguai dans le rétroviseur tremblotant une petite voiture blanche qui s'y était arrêtée. Je continuai à rouler à la même vitesse.

Arrivé au sommet, je m'arrêtai pour contempler un instant, avec le même sentiment que j'éprouve chaque fois que j'y retourne, le panorama qui s'étendait devant moi : ces quatre collines semblables, telles deux paires de seins qui ensemble dégagent au centre cette vallée en cuvette qu'on appelle le Calderón. C'est là, au pied d'une des quatre collines, que se trouve la célèbre source dont sont tributaires la station thermale et l'arrosage des plantations de canne à sucre, uniques ressources de la région.

72

Quel drôle d'endroit pour venir au monde! me dis-je, comme chaque fois que je retourne là. Je suis né dans un ranch paumé, mon père était paysan, on m'appelle El Negro, vraiment j'ai la poisse... Je passai la première et repris mon chemin. Je vis alors dans le rétroviseur que la voiture blanche avait quitté la route pour prendre le sentier, m'avait suivi et s'était arrêtée en même temps que moi. Quelques mètres plus loin, la courbe de la colline m'empêcha de continuer à la voir.

Ma mère disait : « Par ici, il n'y a rien que des acacias et des nopals. » Et mon père : « Il n'y a rien que des pierres. » C'est d'ailleurs pourquoi nous ne l'avions plus revu depuis le jour où il était allé à Pedrones acheter des tuyaux pour réparer la pompe. Il avait abandonné ma mère, une femme qui l'aimait de la plus pure folie, et moi qui avais alors sept ans.

J'arrivai dans la cuvette, là où l'extrémité du collecteur crée un bourbier aussi indestructible qu'un nid de moucherons. Je longeai ce lieu fétide avec précaution, mais sans me soucier de laisser ou non des traces; puis, au lieu de continuer par le chemin menant aux constructions blanches de l'hôtel et aux bâtiments gris du ranch, je pris la sente qui part sur la gauche et qui est encore plus à l'abandon, s'il se peut, que la première. Elle contourne deux des collines et aboutit dans la petite vallée où viennent se retrouver les deux autres. Arrivé là, j'arrêtai la voiture, coupai le contact et descendis.

Rien ne paraissait avoir changé. La maison dite « de l'Espagnol » était toujours en ruine, les quatre eucalyptus n'avaient pas bougé, les rails rouillés émergeaient à l'entrée de la galerie, même le wagonnet renversé semblait ne pas avoir changé de position depuis la dernière fois que je l'avais vu, dix ans plus tôt, ou même l'avant-dernière fois, vingt-deux ans plus tôt... Quand nous jouions là, gamins, nous disions « la vieille mine », c'est seulement plus tard que j'appris son nom : la Covadonga. Je pris la lanterne sourde que Zenaida m'avait prêtée mais laissai le marteau et le ciseau dans la caissette, traversai le val jusqu'à la galerie et m'arrêtai au seuil. Ce trou noir et rébarbatif, de deux mètres de large et deux de haut, ne me donnait guère envie d'entrer. C'est en entendant approcher le bruit de moteur que je maîtrisai ma répulsion. J'allumai la lanterne et m'engageai dans le tunnel. L'odeur d'urine des chauves-souris était la même que lorsque j'y pénétrais enfant. Quand celles-ci m'aperçurent, elles piaillèrent et se mirent à voleter. La galerie semblait être en bon état, le bois des cadres était sain, les parois et la voûte pratiquement sèches. Je comptai cinquante-deux pas jusqu'à l'endroit où la galerie se rétrécit et où il faudrait continuer accroupi ou à quatre pattes. M'estimant satisfait, je fis demi-tour et retournai à l'entrée de la mine. On entendait au-dehors un furieux ronflement de moteur. À l'évidence, quelqu'un manœuvrait rageusement un véhicule. Puis cela s'arrêta. Collé au mur, je m'avançai jusqu'à l'entrée et regardai au-dehors par la fente du dernier linteau. La petite voiture blanche avait fait demi-tour et se trouvait à côté de la Safari, prête à démarrer à la hâte. Justement sa portière s'ouvrait et quelqu'un en descendait : c'était El Gringo, avec sa chemise rouge et verte de bûcheron. Il promena lentement son regard sur la maison en ruine, les eucalyptus, quelques tas de minerai abandonnés là, le wagonnet et les rails, enfin l'entrée de la galerie. Nos regards se croisèrent sans qu'il s'en rende compte, puis il remonta dans sa voiture, démarra et partit dans un nuage de poussière.

Je décidai de laisser passer un moment. Je ne sortis

de la mine qu'une fois sa voiture perdue de vue, après quoi je retraversai la petite vallée et allai m'asseoir sur le banc de pierre devant « la maison de l'Espagnol », à l'ombre de quelques planches. J'observai qu'entre les touffes de fourrage jaunis il n'y avait aucun papier, aucune boîte vide, aucun indice de passage récent. On ne pouvait en revanche que constater les traces nombreuses des troupeaux de chèvres. Je contemplai la colline d'en face, couverte de jeunes acacias bourgeonnants et de cactées cendrées, et me souvins qu'on l'appelait la Colline sans Nom. C'est un nom bien bête pour une colline, me dis-je. Le soleil cognait dur, le ciel était bleu, un pigeon ramier se mit à chanter, si tristement que je décidai qu'il était temps de partir.

Les ranchs n'avaient pas changé. Une meute de chiens faméliques pourchassa furieusement la voiture, essayant de mordre les roues, des enfants ventrus me lancèrent des pierres. Les maisons étaient cachées par les figuiers. Je reconnus celle d'El Colorado à son citronnier et son petit portail. Assis sur un siège bas, un homme égrenait des épis de maïs. Cinq chiens m'accueillirent à l'entrée. En me voyant descendre de voiture, l'homme abandonna son épi et sa meute, se leva et traversa le petit enclos pour aller donner un coup de pied à un chien blanc, le plus acharné. Je vis bien qu'il ne m'avait pas reconnu.
– C'est moi, je suis El Negro! lui dis-je.
Son sourire lui fendit quasiment le visage. Après m'avoir bien examiné, il porta son regard sur la Safari, puis nous nous tendîmes la main.
– Alors ça, Negro, qu'est-ce que tu as changé! Je ne t'avais pas reconnu.
Je me dis que moi non plus je n'avais jamais remarqué

qu'El Colorado, à part son teint écarlate, portait des marques de petite vérole.

– Allons faire un tour, lui dis-je, j'ai à te parler.

Il ferma la petite porte de sa maison avec une corde et nous sortîmes, lui devant et moi derrière. Il ne m'avait pas demandé où je voulais aller, il le savait. Nous reprîmes le même chemin que je fais toujours quand je reviens au ranch : nous passâmes par le vieux sentier, dont la courbe évite la station balnéaire, puis dont le raidillon franchit le col, entre deux collines, avant de traverser en son milieu la cuvette d'El Calderón, où les arbustes d'acacias se font plus denses et de déboucher sur la source. Les gens appellent celle-ci « le bouillon ». C'est un trou de dix mètres de diamètre dont personne n'a jamais vu le fond, car la vapeur qui en émane brûle le visage lorsqu'on s'y penche. Le bruit du « bouillon » est inoubliable : on dirait le rot d'un géant, se reproduisant irrésistiblement toutes les trois secondes. La source en a aussi la puanteur. Elle se déverse ensuite dans un étroit ruisseau, qui serpente en dégageant une nuée de vapeur, puis l'eau atteint un terrain pentu où elle réapparaît à la surface. De là, elle est d'abord canalisée vers un bassin, pour refroidir, puis vers la station thermale et enfin les plantations. Nous nous arrêtâmes au bord du trou, sur un terrain glissant mais où la vapeur ne venait pas nous gêner, et El Colorado me posa la question rituelle :

– Te souviens-tu de Nate, l'ivrogne qui s'était approché du trou à quatre pattes et était tombé dedans la tête la première? On ne l'a jamais revu, le bouillon n'a rendu que son chapeau.

– Oui, je me rappelle. Et dis-moi, quand les femmes veulent faire cuire un poulet, est-ce qu'elles viennent toujours ici les jeter, bien déplumés, accrochés à une corde?

– Oui, ça continue comme ça, répondit El Colorado.

Après cet échange, nous continuâmes notre promenade, lui toujours devant et moi derrière. Nous suivîmes le ruisseau jusqu'au bassin, nous arrêtâmes devant la boue calcaire, et El Colorado me posa l'autre question rituelle :

– Tu te souviens qu'enfants nous venions nous baigner ici, et qu'un jour le propriétaire a envoyé le maître nageur pour nous chasser? Et que c'est nous qui l'avons chassé en lui jetant des pierres?

– Oui, je m'en souviens.

Nous reprîmes notre marche, entrâmes dans l'hôtel par la porte de derrière, traversâmes les couloirs et la cour déserte jusqu'au porche, où une enseigne indiquait Ladies' Bar, et nous nous installâmes à une table. Manifestement, les nouveaux propriétaires avaient tenté de transformer El Calderón en un paradis touristique, mais en vain. Non seulement il n'y avait pas de clients, mais personne non plus derrière le comptoir. Au bout d'un moment, nous entendîmes un claquement de savates dans le couloir et vîmes apparaître une grosse vieille femme, en tenue négligée, qui apparemment venait de se laver les cheveux, car ils s'étalaient sur une serviette qu'elle s'était mise aux épaules.

– C'est Doña Petra, la patronne, m'expliqua El Colorado.

– Que prendrez-vous? demanda Doña Petra.

– Des bières, répondis-je.

– Rendez-moi un service, dit-elle, allez les prendre dans la glacière. Je viens de me laver la tête à l'eau chaude, je pourrais attraper mal en mettant mes mains au froid.

El Colorado apporta les bières et nous en bûmes une gorgée, après quoi je déclarai :

– Je suis en pourparlers pour rouvrir la vieille mine.

– C'est bien, dit-il.

– Seulement, il y a quelqu'un qui veut s'en mêler et tout compromettre.

– Ça, c'est mauvais.

– J'ai besoin que pendant les deux semaines qui viennent quelqu'un surveille les lieux jour et nuit, et fasse en sorte que personne ne s'approche de la mine ni surtout n'en sorte du minerai. Connais-tu une personne de confiance qui pourrait se charger de ce travail?

– Moi-même. J'ai ces deux semaines libres : j'ai mis la terre à reposer et je n'ai rien à faire jusqu'aux prochaines pluies.

– Tu as toujours ta carabine? demandai-je.

– Je l'ai toujours.

– Combien veux-tu?

– Ce que tu me paieras.

– Cent pesos par jour?

– Ça marche.

Je lui donnai deux billets de cent.

– C'est une avance.

– Ça marche, répéta-t-il, et il rangea les deux billets.

Nous dûmes aller à la réception pour payer les bières à Doña Petra. Il y avait au bout du comptoir une cabine téléphonique indiquant « Longue distance ». Je fus sur le point de demander une communication avec La Chamuca mais au dernier moment je changeai d'avis, car j'avais décidé de le faire sous un faux nom – Angel Valdés –, or El Colorado, à côté de moi, savait fort bien comment je m'appelais. Je payai la note et nous sortîmes.

Je garai la Safari dans le Jardín de la Constitución, face aux bureaux du Service des Mines. J'achetai les cinq quotidiens qui venaient d'arriver de México, les pris sous le bras et entrai dans le bar Flor de Cuévano. Je commandai un café et lus les journaux avec beaucoup d'attention. Les « terroristes » arrêtés avaient disparu des premières pages, on n'en parlait plus que dans *El Excelsior*, et en page 18. Il n'y avait que du réchauffé par rapport à l'article de la veille, à un détail près : on trouvait là les noms des fugitifs, ou plus exactement leurs surnoms : « El Negro » et « La Chamuca ». Cependant nos photographies n'étaient pas présentées. Je me dis que finalement la situation n'était pas trop mauvaise.

Un peu rassuré, je sortis mon agenda pour chercher le numéro de la cousine de La Chamuca, et la première chose que je trouvai fut la note écrite par El Manotas : « Au port de Ticomán, prendre le bateau pour la plage de la Media Luna (hôtel Aurora). » Je considérai cette trouvaille comme de bon augure et décidai que ce serait là, sur la plage de la Media Luna, que La Chamuca et moi irions nous cacher dès que nous aurions de l'argent. J'allai à la caisse et donnai à la fille le numéro de Jerez. Elle commença à remplir le formulaire.

– À qui voulez-vous parler?

– À Carmen Medina.

C'est le véritable nom de La Chamuca.

– De la part de qui?

– Angel Valdés.

Quand la caissière me fit signe, j'entrai dans la cabine et, au bout du fil, j'entendis la voix méfiante de La Chamuca :

– Oui?

– C'est Marcos.

79

Suivit un mélange de rires, de pleurs et de mots incohérents.

– Comment vas-tu? demandai-je.

– J'ai envie de te voir.

– Mais est-ce que tu vas bien?

– Oui, mais j'ai envie de te voir.

– Écoute, demain ou après-demain mon oncle me donnera neuf mille pesos.

– Qu'est-ce que tu lui as raconté?

– Laisse-moi terminer. Si tu penses être en danger à Jerez, ou si ça va trop mal, fais-le-moi savoir tout de suite, je viendrai te chercher dès que j'aurai l'argent.

– Viens me chercher!

– Laisse-moi finir : si par contre tu n'es pas en danger à Jerez, si ça ne va pas trop mal et que tu peux m'attendre, ce sera encore mieux, parce qu'alors mon oncle pourra me donner quarante mille pesos. À ce moment-là, j'irai te chercher et nous passerons un certain temps à la plage de la Media Luna, celle où était allé El Manotas. Tu te souviens qu'il nous en avait parlé?

– C'est d'accord; j'attends dix jours, puis tu viens me chercher et nous partons pour la plage de la Media Luna.

– Parfait. Je te rappellerai chaque fois que je pourrai.

– Dis-moi, comment as-tu fait pour obtenir autant d'argent de ton oncle?

– Je vais faire un travail à propos d'un investissement, qu'il décidera de ne pas faire, ce qui n'empêche qu'il devra me payer.

Elle rit. Je lui dis au revoir et raccrochai.

Quand je ressortis du bar Flor de Cuévano, je traversai le Jardín de la Constitución puis jetai dans une poubelle tous les journaux que j'avais achetés. Je me dirigeai ensuite vers la Calle Triunfo de Bustos, jusqu'à une porte surmontée d'un écriteau : La Cueva de Ali Baba. J'entrai. C'est un magasin d'antiquités, une pièce mal éclairée, et encombrée, dans le plus grand désordre, de vieux livres, d'ex-voto, de meubles vermoulus, de serrures anciennes, de miroirs ternis, etc. L'homme qui se trouvait là, en train de revernir une chaise, se redressa en me voyant et demanda :

– Que désirez-vous?

– De la cryolithe.

Il me mena à une cour intérieure où étaient entreposés des ferrailles, ainsi que des amas de belles pierres de toutes sortes, telles qu'on peut vouloir en acquérir pour compléter une collection de minéraux, à titre décoratif ou tout bonnement pour bloquer une porte. Sachant exactement ce que je cherchais, je me dirigeai tout droit vers l'un de ces tas et y choisis six échantillons à mon avis excellents. La cryolithe est une pierre lourde, d'un blanc veiné de rouge.

– Vingt pesos chaque pierre, dit l'homme.

Je le payai, et il me donna un vieux sac à ciment pour les transporter. Je les déposai dans le coffre de la Safari, puis me rendis aux bureaux du Service des Mines. Là, j'achetai un plan aérien au 50 000ᵉ où l'on voit El Calderón, et remplis une demande de « certificat de non-inscription » d'une mine appelée la Covadonga, dans la municipalité des Tuzas. Cette démarche accomplie, je me rendis à la boutique El Caballero Elegante, où j'achetai deux chemises et quatre paires de chaussettes. En sortant du Caballero Elegante, m'apprêtant à retraverser le Jardín de la Constitución pour retourner à la voiture, je pris une étrange décision : j'entrai dans la pharmacie du docteur Ballesteros et achetai six préservatifs.

Je retrouvai la petite voiture blanche devant chez mon oncle, Calle de la Sonaja. Je la heurtai en garant la Safari à côté, sans avoir véritablement cherché à le faire. Il était plus de quatre heures. Zenaida m'ouvrit la porte et m'aida à sortir ce que j'avais dans la voiture. Elle me dit :

— Avant que vous n'alliez faire la sieste : le patron m'a dit de vous donner tout ce dont vous pourriez avoir envie, à boire comme à manger. Alors dites-moi donc, jeune homme?

Je lui dis de quoi j'avais envie et nous entrâmes ensemble dans la maison. Nous nous séparâmes dans le vestibule, elle regagnant la cour de service avec le matériel qu'elle m'avait prêté le matin, moi empruntant le corridor, avec mon sac à ciment rempli de pierres et le paquet du Caballero Elegante. J'essayai de ne pas faire de bruit en marchant, car les portes des chambres étaient ouvertes : il faisait très chaud. Mon oncle Ramón faisait la sieste quasiment assis, soutenu par des oreillers, dans le lit conjugal, un lit en métal. Amalia et El Gringo dormaient sur le dos dans des lits jumeaux, les bras le long du corps, les jambes tendues, leurs pieds nus à la verticale. On les aurait crus morts ou bien au garde-à-vous — position fondamentale du soldat. Lucero était elle aussi couchée sur son lit, mais en train de lire un livre. Elle portait des lunettes. Je distinguai le titre : *La maison verte*. Je m'arrêtai devant sa porte. Elle me regarda par-dessus ses lunettes et me sourit.

— Salut! fit-elle.

— Je veux un autre baiser.

— Pas maintenant.

Et elle reprit sa lecture.

Je poursuivis jusqu'à la chambre d'amis, posai par terre le sac contenant les pierres, sur le lit le paquet du

Caballero Elegante, puis sortis la carte aérienne de la poche de mon pantalon. J'allais la poser sur la commode mais changeai d'avis. Je la remis dans ma poche, pris la serviette et me rendis à la salle de bains. J'y restai assez longtemps. Quand je revins dans ma chambre, il s'était passé ce que j'avais prévu : le sac de pierres avait légèrement changé de place. En l'examinant, je constatai en outre qu'il n'en restait que cinq, au lieu des six que j'avais achetées. Je sortis la carte de ma poche et la rangeai dans l'un des tiroirs de la commode, qui étaient vides, puis la recouvris avec les chemises neuves et les chaussettes que je venais d'acheter. Je ressortis dans le corridor.

Lucero lisait toujours dans sa chambre. El Gringo s'était levé et, assis sur un des sièges du corridor, il allumait un cigare.

– Bonjour, dit-il en me voyant. Nous t'attendions pour le repas. Où étais-tu?

Pleins d'amabilité, nous nous regardâmes en souriant, comme deux imbéciles. Je me dis qu'il fallait vraiment être gonflé pour poser une pareille question.

– Je suis allé à Cuévano.

– Ah oui? Et quelles sont les nouvelles de Cuévano?

Je ne lui répondis même pas. Je me rendis directement dans la salle à manger.

CHAPITRE V

Quand je sortis de ma chambre, à cinq heures, je trouvai Gerardo et Fernando dans le corridor, exactement dans la même position où je les avais rencontrés dans la cour l'après-midi précédente : le premier bras croisés et sourcils froncés, le second pensif, caressant sa moustache. Cette fois-ci, c'était El Gringo qui leur apportait de mauvaises nouvelles. Il parlait à voix basse, les bras ballants. Amalia intervenait de temps à autre, en agitant les mains comme pour donner vie au récit. Tout comme la veille, Fernando m'aperçut le premier, mais cette fois c'est au Gringo qu'il donna un coup de coude. Tous quatre se retournèrent vers moi et me sourirent. Je leur rendis leur sourire, tout en me disant : « Ils savent déjà que je me suis rendu dans une mine et que j'ai ramené des échantillons de minerai. » Nous nous souhaitâmes bon après-midi, les enfants de Gerardo entrèrent dans la cour en jouant cette fois non pas avec un ballon de football mais avec une petite balle, ce qui ne changea rien : quand mon oncle Ramón sortit de sa chambre, poussé par Lucero et Zenaida, ses premiers mots furent :
– Gerardo, arrange-toi pour que ces mioches aillent jouer ailleurs.
Comme la veille, les enfants de Gerardo embrassèrent

84

la main de mon oncle, et comme la veille Lucero dut ensuite la lui nettoyer avec un chiffon imbibé d'alcool.

– Fernando voudrait savoir si tu n'as pas eu de problèmes avec la Safari, me dit Gerardo.

Il ajouta, s'adressant à son frère :

– N'est-ce pas, Fernando ?

– Oui, en effet, j'aimerais savoir si tout s'est bien passé, dit Fernando et surtout si je peux la récupérer.

Mon oncle ne me laissa pas le temps de répondre :

– Marcos va avoir besoin de la voiture demain et après-demain, dit-il.

– La voiture est à toi, mon oncle, fais comme tu veux, lui répondit Fernando. Pour moi c'est pareil, il me suffit de sortir le cheval et de le monter, c'est un excellent exercice.

Mon oncle s'adressa à moi, sans se soucier de ce que venait de dire Fernando.

– As-tu apporté ce que je t'ai demandé ?

Il me fit un clin d'œil. Je compris qu'il parlait des échantillons et répondis affirmativement.

– Je suis pressé de voir ça, apporte-le tout de suite dans le bureau.

C'était évidemment une nouvelle ruse pour énerver ses neveux Tarragona.

– À plus tard, mes enfants, leur dit-il tandis que Lucero le poussait vers le bureau.

Quand je passai entre eux, portant le vieux sac à ciment contenant les pierres, Amalia était appuyée à la balustrade, le regard dans le vide, El Gringo rallumait son cigare, Gerardo et Fernando s'étaient assis aux deux bouts du divan d'osier, les jambes croisées.

Mon oncle était devant son secrétaire. Il me fit signe de fermer la porte à clef et, quand je l'eus fait, de poser les pierres sur le sous-main en cuir.

– Ça va abîmer ton sous-main, lui dis-je.

– Aucune importance.

Je mis les pierres sur le sous-main, mon oncle alluma sa lampe de travail, ouvrit un des petits tiroirs du secrétaire et farfouilla à l'intérieur. Parmi les objets qu'il déplaça, j'aperçus le flacon violacé avec son compte-gouttes et l'étiquette Farmacia La Fe, une vieille montre, des photos sombres dont je ne pus distinguer ce qu'elles représentaient. Je remarquai cependant que l'une d'entre elles, aux angles cornés, portait une dédicace : « À Estela », rédigée d'une écriture enfantine. Mon oncle trouva ce qu'il cherchait et referma le tiroir. Il s'agissait d'une lentille de bijoutier, qu'il cala contre son œil droit, le seul dont il pouvait froncer le sourcil pour maintenir l'instrument. Il prit une pierre et commença à l'examiner.

J'étais près du secrétaire et eus envie de fumer. Je sortis une cigarette et m'apprêtais à l'allumer quand, sans lever les yeux, il m'ordonna :

– Ne fume pas, tu me distrais.

Je remis ma Delicado dans le paquet. Regardant mon oncle penché sur ce morceau de cryolithe, pour l'examiner avec sa lentille de bijoutier – instrument que je n'aurais pas imaginé qu'il puisse posséder –, après m'avoir interdit de fumer sur un ton despotique, je m'aperçus que je l'aimais bien, malgré son appartenance à la classe des oppresseurs, comme aurait dit La Chamuca.

– Qu'est-ce qui contient du glucinium, demanda-t-il, le rouge ou le blanc?

– Les deux : le rouge sous forme de sulfure et le blanc avec des carbonates.

Je lui expliquai à grands traits comment s'étaient formées ces roches, à l'ère tertiaire. Il m'interrompit :

– Comme c'est intéressant!

Il repoussa la pierre et retira la lentille, qu'il remit dans le petit tiroir, où j'aperçus à nouveau la photo dédicacée « À Estela » avant qu'il ne le referme. Il se pencha en arrière sur sa chaise et demanda :

– Et maintenant, quelle est la prochaine étape ?

– Il faut que tu fasses analyser les pierres pour vérifier que c'est bien de la cryolithe et que leur teneur en glucinium atteint bien huit pour cent, comme je te l'ai promis.

– Ça, c'est pour moi; et toi ?

– Pour l'instant, je vais attendre.

– Attendre quoi ?

– Que tu reçoives les résultats et puisses me verser les neuf mille autres pesos. L'étude de coûts et rendements exige un relevé topographique, des plans et des calculs. Autrement dit, j'aurai besoin d'argent pour louer les appareils de topographie, un atelier de dessin, ainsi qu'une voiture pour aller à la mine et en revenir.

Mon oncle me regarda avec condescendance et dit :

– Tu te trompes. Tu n'auras pas besoin de louer tes appareils de topographie, ni l'atelier de dessin, ni la voiture. Je te donnerai une lettre de recommandation pour le directeur des Travaux publics de l'État, à Cuévano, qui te prêtera le matériel dont tu auras besoin, sans que tu aies à débourser un centavo. La voiture que tu utiliseras pour aller et venir sera, comme tu penses bien, la Safari. En ce qui concerne l'atelier de dessin, tu demanderas à Lucero de te montrer la pièce aux malles. Si elle peut dessiner là-bas, je ne vois pas pourquoi tu ne pourrais pas en faire autant. Enfin, et pour éliminer tous les prétextes qui pourraient interrompre ton travail, je considère comme acquis que ces pierres sont bien de la cryolithe et qu'elles présentent la teneur que tu m'as promise. Par conséquent, je vais te payer tout de suite les neuf mille pesos, et tu vas continuer.

C'était bien ce que j'attendais qu'il me dise, cependant je lui demandai :

– Pourquoi fais-tu cela ?

– En partie parce que j'en ai envie, en partie parce que je suis vieux et que je n'ai pas de temps à perdre.

Il ouvrit un autre petit tiroir du secrétaire et en sortit un par un, en les comptant à voix haute, neuf billets de mille pesos qu'il posa près de moi, sur le sous-main. Ceux qui restaient dans le tiroir étaient pour le moins aussi nombreux que ceux qu'il en avait sortis.

– Pourquoi, lui demandai-je, alors que tu as un coffre-fort, gardes-tu l'argent dans un tiroir qui ne ferme pas à clef ?

– Parce que j'ai des relations d'affaire avec tous tes cousins et que, si j'ouvrais devant eux le coffre-fort, ils verraient la bouteille de mezcal. Je serais condamné pour toujours à ne plus boire que de l'eau distillée. Tu comprends ?

Il voulut ensuite que je lui laisse un reçu indiquant : « En accord avec le contrat que nous avons signé », etc.

– Viens, me dit Lucero.

Elle marchait la tête haute, sans presque bouger les bras. Je la suivis. Elle s'était fait un chignon qui découvrait sa nuque. L'échancrure de sa robe laissait deviner un dos au duvet très fin et doré. Je sentais l'agréable parfum qu'elle s'était mis.

Nous laissâmes le corridor et le vestibule, entrâmes dans les communs, passant à côté de l'immense cuisine au foyer de faïence émaillée, au plafond noir de crasse. Zenaida s'était endormie assise sur un petit banc, la tête appuyée contre le mur entre deux casseroles. Il y avait deux sacs de haricots et une caisse de melons dans la dépense, une bougie était allumée dans la chambre de Zenaida. Nous passâmes devant deux portes fermées avant d'arriver au fond de la cour, où il y avait une porte de tôle galvanisée. Quand Lucero s'arrêta pour l'ouvrir, je m'approchai d'un pas, passai mes bras sous les siens, posai mes mains sur son ventre et la serrai contre moi. Ce fut une sensation très agréable. Elle ne fit rien pour s'écarter, elle rit. Je l'embrassai dans le cou et elle rit plus encore. Alors se produisit ce à quoi je m'attendais le moins : Lucero, dont j'avais laissé les mains libres, ouvrit la porte et laissa sortir le chien. Je m'en aperçus quand il me mordit. C'était le chien noir qui l'accompagnait quand elle allait au poulailler. Partagé entre la surprise, la douleur et la peur, je la lâchai. Elle s'éloigna de moi, en continuant à rire. Je donnai un coup de pied au chien, qui me lâcha, mais sans gémir, et allait m'attaquer à nouveau. Lucero lui ordonna :

– Tranquille, Veneno.

Nous nous regardâmes avec fureur, le chien et moi, lui prêt à me mordre une seconde fois et moi à lui donner un autre coup de pied. Lucero dit :

– Par ici.

Nous repartîmes tous les trois tranquillement, comme s'il ne s'était rien passé, ni baiser, ni morsure, ni coup de pied. Nous traversâmes la petite cour pavée avant de pénétrer dans la pièce aux malles. Lucero alluma la lumière. C'était une pièce tout en longueur, blanchie à la chaux, avec deux fenêtres par lesquelles on pouvait voir, dans le soir qui tombait, le poulailler de mon oncle et les pots de géraniums sur la terrasse de la maison de Don Pepe Lara. Les malles étaient dans un coin et ne gênaient en rien. Il y avait un chevalet près d'une des fenêtres, ainsi qu'un banc et une petite table. Je voulus voir le tableau posé sur le chevalet et découvris un portrait d'El Gringo, que je trouvai affreux. J'aperçus ensuite sur la petite table une nature morte sans aucun intérêt.

– C'est très bien, dis-je.

Lucero prit la nature morte et la retourna. J'examinai la pièce, réfléchissant aux moyens de la transformer en atelier de dessin. N'importe quelle pièce peut devenir un atelier de dessin, il suffit d'y installer une table et une lampe. Je répétai :

– C'est très bien.

Je savais que Lucero m'avait observé pendant que j'examinais la pièce.

– Tu me plais, dit-elle.

J'allais m'approcher d'elle mais Veneno montra les dents et cela m'arrêta. Lucero attendit que Veneno et moi soyons sortis de la pièce pour éteindre la lumière. Pendant qu'elle remettait le cadenas, je lui demandai :

– À quelles heures est-ce que tu peins ?

Ce n'était pas tant que sa réponse m'intéressât, mais je voulais rendre la scène un peu naturelle.

– Je n'ai pas d'heure fixe. Cela te gênerait si je venais peindre pendant que tu travailleras ?

– Au contraire, j'aime avoir de la compagnie.

Pendant que Lucero cadenassait l'autre porte, ayant enfermé Veneno, je fus sur le point de la serrer à nouveau dans mes bras, mais la voix d'Amalia interrompit cet élan :

– Alors, la pièce aux malles t'a plu, tu pourras y travailler ?

Le visage bleu foncé, le corps comme un huit élancé, elle avançait vers nous, pleine de sollicitude.

Après dîner, respectant la coutume établie le soir précédent, j'accompagnai mon oncle dans son bureau. Il se produisit deux faits dignes d'être notés : ce fut Lucero et non Amalia qui apporta le plateau avec le cognac et l'eau minérale. Et au lieu de le déposer sur la petite table près de nous, comme sa mère avait fait la veille, elle posa le plateau sur le secrétaire et remplit elle-même le ballon de cognac et le verre d'eau, qu'elle vint poser devant nous. Pour ce faire, elle dut se déplacer d'un bout à l'autre de la pièce et se pencher deux fois. Quand elle fut sortie, mon oncle remarqua :

– J'ai l'impression que cette petite frétille un peu de la croupe devant toi.

Il but trois ballons de cognac et, comme la veille, fuma comme un pompier. Il me dit une autre chose intéressante :

– Je fais comme si cette mine m'enthousiasmait, mais la seule chose que j'attends, c'est la mort.

En cet instant-là, je le trouvai vraiment très vieux et malade.

Un peu plus tard, dans mon lit, je me demandai : pourquoi m'a-t-elle dit « tu me plais »? Pourquoi, si vraiment je lui plais, a-t-elle ouvert la porte au chien pour qu'il me morde? Et pourquoi m'a-t-elle redit ensuite « tu me plais »? Autre question : pourquoi m'a-t-elle donné un baiser ce matin? En avait-elle envie ou est-ce la seule chose qui lui soit venue à l'esprit quand j'ai été sur le point de la découvrir en train de fouiller ma chemise? Par contre, il faut admettre – pensai-je encore, allongé dans mon lit – que si, ce matin, Lucero s'est trouvée dans une situation embarrassante et n'a pas eu d'autre solution que de m'embrasser, cet après-midi rien ne l'obligeait à me dire si je lui plaisais ou pas. Il s'en

91

déduit que je lui plais vraiment et que, même si elle avait aussi d'autres motifs, ce matin elle avait envie de m'embrasser. Bien sûr, ce qui va à l'encontre de cette théorie, c'est qu'elle a ouvert la porte au chien quand je l'ai prise dans mes bras. C'est une femme pleine de contradictions.

Couché sur le dos dans le lit d'une des sœurs jumelles, je pouvais voir sous le drap, malgré la pénombre de la chambre, la pyramide blanche que formait mon érection. Que penserait La Chamuca si elle me voyait dans cet état en l'honneur d'une femme sans idéologie? Pour effacer cette image réprobatrice de La Chamuca, j'évoquai le baiser de Lucero et la façon dont je l'avais serrée dans mes bras.

L'horloge de l'église sonna une heure et quart. J'entendis des mules en plume qui s'approchaient, la porte de la salle de bains qui s'ouvrait et se fermait, la chasse d'eau, à nouveau la porte de la salle de bains, et les mules qui s'éloignaient. Je ne sais pour quelle raison, ces bruits me firent concevoir un plan plutôt risqué : combien de temps Amalia mettrait-elle pour se rendormir profondément? Était-il trop tard pour aller éclaircir ce point, lui demander par exemple : « Je fais de l'insomnie, toi tu dors bien? » Puis je me rappelai à nouveau le baiser de Lucero et le commentaire de mon oncle quand elle avait posé le ballon de cognac sur la petite table. À deux heures moins le quart, je me levai.

Je ne sais comment, dans une maison aussi respectable que celle de mon oncle Ramón Tarragona, j'osai sortir à poil dans le corridor. Non seulement à poil, mais en pleine érection. Heureusement, le cenzontle, dont Zenaida couvrait la cage avec une vieille serviette pour la nuit, ne me vit pas. C'était une nùit de lune. J'arrivai devant la porte de la chambre de Lucero et tournai la poignée.

Jamais une poignée, ni ensuite une porte, n'avaient été aussi silencieuses. En revanche, le sang cognait violemment dans mes tempes. Je fermai la porte très doucement. Il me fallut un moment avant de distinguer Lucero qui dormait à plat ventre, les jambes écartées, les bras ouverts, ses mains de chaque côté du traversin, la tête tournée vers l'autre extrémité de la pièce, occupant presque toute la largeur du lit. Le rythme de sa respiration changea lorsque je butai contre une chaise, elle remua une jambe quand je soulevai les couvertures, et se réveilla quand j'entrai dans son lit.

– N'aie pas peur, lui dis-je à voix basse, c'est moi, c'est Marcos.

C'était l'instant le plus risqué. Si elle criait, je serais dans une fichue situation. Mais elle ne cria pas, ne bougea pas. Elle ne repoussa pas non plus la main que je posai sur son épaule, et je commençai à la caresser. Je constatai que Lucero dormait avec un tee-shirt en coton et un petit short. Elle ne changea pas de position, ne se retourna pas, ne chercha pas à me voir, mais me laissa glisser les mains sous son tee-shirt, lui caresser les seins et la serrer contre moi pour qu'elle sente mon érection. Certain que Lucero allait se donner à moi, je me rendis compte que j'avais oublié mes préservatifs dans la chambre des sœurs jumelles. Mais j'étais si excité et son corps semblait si réceptif, que je décidai de continuer. Je passai la main dans son petit short et touchai les poils de son pubis, mis l'autre main sur l'élastique et voulus la déshabiller. Lucero changea de position et serra les jambes.

Et elle ne les desserra plus. Je commençai par couvrir son corps de baisers, l'embrassant jusqu'à la pointe des pieds, puis je feignis de me désintéresser d'elle et lui tournai le dos, enfin je me dressai sur le lit, pris ses chevilles dans mes mains et tentai de les écarter de force. Nous luttâmes tous deux autant que nous pûmes, et ce fut elle qui gagna. À la fin de cette joute, les couvertures étaient en tas sur le sol, je haletais, et Lucero reposait en position fœtale, les yeux fermés, toujours avec son petit short et son tee-shirt. Je descendis du lit, me heurtai de nouveau à la chaise, allai ouvrir la porte, et c'est alors qu'elle parla pour la première fois :

– Bonne nuit, fit-elle.

J'eus envie de claquer la porte, mais la fermai tout doucement. J'allai pisser à la salle de bains. Là, je m'aperçus qu'il m'était insupportable de retourner dans ma chambre dans l'état où je me trouvais. Et je conçus un plan encore plus dangereux que le précédent. Ce ne fut pas même un plan, puisque j'étais déjà en train de l'exécuter avant de le concevoir. Ce fut plutôt une impulsion irrésistible. Je me retrouvai dans la chambre d'Amalia avant même de m'en rendre compte. Son accueil fut très différent de celui de Lucero. Amalia alluma la lumière dès qu'elle entendit quelqu'un trébucher contre les meubles. Elle portait une chemise de nuit très échancrée, qui laissait voir la naissance de ses énormes seins. Elle dormait avec un foulard autour de la tête, pour ne pas défaire sa coiffure. Ses mules, effectivement de plume, étaient à côté du lit. Contrairement à Lucero, elle parla beaucoup, à voix basse. Si je me souviens bien, elle dit :

– Qu'est-ce qui se passe?... Qu'est-ce qui t'arrive, Marcos?... Qu'est-ce que tu veux?... Ah, mon Dieu!... Regarde dans quel état tu t'es mis!... Mais tu es fou!... Pense à ma réputation!... Oh, quelle merveille!...

Ensuite, heureusement, elle resta silencieuse.

Quand je retournai dans ma chambre, il faisait encore nuit. Je pus ainsi aller me coucher avant que Zenaida ne se lève et ne dégarnisse la cage du cenzontle. Je dormis profondément jusqu'à être réveillé par les cloches qui sonnaient la messe de huit heures. Je me sentis terriblement inquiet quand j'ouvris les yeux. Quelle affreuse bêtise n'avais-je pas commise! Ce n'était pas mon infidélité envers La Chamuca qui était bien importante : elle ignorait ce qui s'était passé et, si jamais quelqu'un lui en parlait, elle se refuserait à le croire. Mais le risque que mon oncle ou Lucero se soient aperçu de ce qui avait eu lieu dans la chambre d'à côté était autrement sérieux. J'imaginai en frissonnant la scène qui pourrait se produire, à l'instant, dans la salle à manger : moi faisant mon entrée, mon oncle hors de lui parce que j'avais déshonoré sa maison, Amalia rouge de honte, le compte-gouttes à la main pour préparer la potion, Lucero en pleurs. Que me resterait-il comme solution? Partir. Cette petite blague m'aurait coûté quarante mille pesos.

Cependant, ce drame n'était pas certain, il se pouvait aussi que ni mon oncle, ni Lucero ne se soient aperçus de rien. La maison de mon oncle est ancienne, avec des murs épais : de la brique, deux épaisses couches de chaux, plus la tapisserie. Presque un mètre d'épaisseur. Je ne me souvenais pas avoir entendu, depuis la chambre d'amis, autre chose que le bruit des talons d'Amalia résonnant dans le corridor.

Je passai en revue les incidents de la nuit précédente, du point de vue de l'acoustique. Le lit grinçait, nous avions fait l'amour avec fougue, je soufflais comme un bœuf, Amalia poussait des exclamations et, à la fin, ce gémissement prolongé, si étrange, comme le mugissement d'une vache. Je n'arrivai pas à dissiper mes doutes, en revanche j'arrivai à la conclusion que j'avais passé une nuit bien satisfaisante. Je me dis que le pire qui pouvait m'arriver n'était de toute façon que de devoir quitter les lieux. Je prends les dix mille pesos que m'a donnés mon oncle, me dis-je, je vais chercher La Chamuca à Jerez et nous partons ensemble pour la plage de la Media Luna, hôtel Aurora, où nous restons jusqu'à avoir dépensé tout cet argent. Après, on verra bien.

En quittant ma chambre, je rencontrai Lucero qui sortait de la sienne. Le regard qu'elle me porta effaça mes soucis : manifestement, elle ne me tenait pas rigueur de ce qui s'était passé dans sa chambre, et n'avait aucune idée de ce qui s'était passé dans celle d'Amalia.

– Tu as bien dormi? demanda-t-elle en souriant.

Et elle s'éloigna sans attendre ma réponse, d'une démarche qui me rappela ce que m'avait dit mon oncle : « Elle frétille un peu de la croupe devant toi. »

Mon oncle, quand j'entrai dans la salle à manger, avait terminé son petit déjeuner et se curait les dents; il s'arrêta net et me désigna une enveloppe fermée posée sur la table, à côté de ma place. Je sursautai, craignant qu'il ne soit au courant des événements de la nuit et ne m'ait écrit une lettre pour me demander de m'en aller et de ne plus remettre les pieds chez lui. J'étais sur le point d'ouvrir l'enveloppe mais il me dit :

– Ne sois pas stupide, ce n'est pas pour toi, c'est pour le directeur des Travaux publics, à Cuévano. Je lui explique que tu es mon neveu et que je lui saurais gré de te prêter le matériel de topographie dont tu as besoin.

– Merci, mon oncle, répondis-je soulagé en reposant la lettre sur la table. J'irai le voir aujourd'hui même.

À ce moment-là entra Amalia. Comme on voit les femmes autrement, après qu'on a fait l'amour avec elles! Elle me parut beaucoup moins ridicule. Elle s'était maquillée les paupières en bleu, avait mis du rimmel sur les cils et portait une robe blanche légère. Elle me posa la même question que sa fille :

– Tu as bien dormi?

Quand je lui répondis que j'avais passé une excellente nuit, elle eut un petit rire rauque.

– Qu'est-ce que tu veux pour le petit déjeuner?

Plus tard, elle me dit que c'était elle-même qui avait préparé les œufs à la mexicaine, fait revenir les haricots, réchauffé les tortillas et apporté le petit déjeuner sur la table.

Pendant qu'Amalia était sortie de la salle pour aller chercher le pan dulce, mon oncle observa :

– Je ne l'avais jamais vue si active.

Quand Amalia revint, elle s'assit à table pour me regarder manger et nous parla de certains petits oiseaux des champs – « tout petits, avec la tête et les ailes presque noires et la gorge couleur café ».

– Ça s'appelle des hirondelles, dit mon oncle qui avait écouté cette description avec ahurissement.

C'était bien des hirondelles qu'avait essayé de décrire Amalia. Elles font leurs nids entre les solives des porches et, pour voler, tantôt battent des ailes et tantôt planent sur leur erre. Amalia, qui en avait vu tant de fois, s'ébahit d'être restée si longtemps sans savoir que c'était précisément cela, les hirondelles. Cette réaction, et son grand éclat de rire, qui montra jusqu'au fond de sa bouche, me la rendirent sympathique. Je remarquai que mon oncle l'observait en silence. Je remplis ma tortilla de haricots sautés et d'œufs et, tandis que je mordais dedans, je me dis : « Amalia est très fruste, mais aussi très humaine... Personne ne me fera partir de cette maison avant que mon oncle ne m'ait remis les quarante milles pesos qui manquent encore. »

Comme je devais me rendre à Cuévano, mon oncle me demanda d'y emmener Don Pepe Lara qui avait quelques affaires à y régler, notamment de porter les échantillons au laboratoire d'analyse.

Quand je passai avec la Safari devant chez Don Pepe, je le trouvai à sa porte, prêt à partir. Pour se rendre dans la capitale de l'État, il avait mis un costume gris sombre et un chapeau moins vieux que celui qu'il portait d'ordinaire. Il avait glissé les échantillons de cryolithe dans un sac de chanvre, plus élégant et plus propre que le vieux sac à ciment dans lequel je les avais transportés la veille. Doña Jacinta sortit pour lui faire ses adieux comme s'il partait pour un long voyage, alors qu'il n'allait qu'à quarante kilomètres de là.

– Dieu vous bénisse! dit Doña Jacinta quand la voiture démarra.

J'attendis d'arriver sur une ligne droite pour poser à Don Pepe la question que j'avais prévu de lui poser :

– Qui est ou qui était Estela?

Il tourna la tête pour me regarder. Jamais il n'avait autant ressemblé à une chouette. Visiblement, ma question ne lui plaisait pas et il ne savait que me répondre.

– D'où sors-tu ce prénom? demanda-t-il.

Je lui répondis que j'avais aperçu, l'après-midi précédente, quand mon oncle avait ouvert un des tiroirs de son secrétaire, une photographie dédicacée « À Estela ». Confronté à cette réalité incontournable, Don Pepe me dit :

– Estela, c'était ta tante Leonor.

– Comment ça, ma tante Leonor?

– On l'appelait comme ça dans le lieu où elle travaillait.

– Où travaillait donc ma tante?

– Je croyais que tu le savais...

Je l'ignorais, mais de fait j'avais toujours trouvé bizarre que ma tante Leonor, une humble femme d'origine rurale, ait épousé mon oncle Ramón, qui était alors un jeune homme fortuné. Ma mère était toujours restée évasive à ce sujet. « Ta tante Leonor, me disait-elle, est allée travailler à Cuévano et c'est là qu'elle a connu Don Ramón. » Bien que personne ne m'eût précisé en quoi consistait son travail, je l'avais imaginée vendeuse dans une mercerie.

– Ma tante travaillait dans un bordel, c'est ça ?

Don Pepe leva les épaules très haut, comme pour se boucher les oreilles et ne pas entendre ma question.

– Ne parle pas comme ça. C'était plutôt une sorte de pension de famille.

– Où vivaient des jeunes filles...

– Exactement.

– ...auxquelles des messieurs allaient rendre visite.

– Écoute, Marcos, ta tante Leonor est une des femmes que j'ai le plus appréciées et respectées de toute ma vie.

– Moi aussi, j'ai d'elle un souvenir merveilleux, et c'est justement pourquoi je vous demande de me dire où elle travaillait.

Don Pepe se recroquevilla sur le siège, comme s'il avait froid, et me dit sans me regarder :

– Ta tante était venue travailler dans une maison qui existait alors dans le Callejón de las Malaquitas, et qui appartenait à une certaine Madame Aurelia. C'est là que Ramón l'a connue et qu'il en est tombé amoureux. Ils se sont mariés et ont vécu heureux jusqu'à ce qu'elle meure, malheureusement, ce qui a été la plus grande catastrophe qui soit jamais arrivée à Ramón. La photo dédicacée « À Estela », que tu as vue dans le secrétaire de Ramón, doit être une de celles que ses compagnes lui ont offertes le jour où elle a quitté ce travail pour aller vivre dans la maison que Ramón avait achetée pour elle à Muérdago, dans le quartier de San José.

Bien loin de me scandaliser, la révélation de Don Pepe me rendit encore plus intéressant, et beaucoup plus compréhensible, le personnage de ma tante Leonor. Mais bien sûr, depuis ce jour-là, quand quelque chose ne va pas, que je me sens mélancolique, je me dis en moi-même :

« Je suis né dans un ranch paumé, mon père était paysan, on m'appelle El Negro et mon unique parente qui soit devenue riche avait commencé putain, vraiment j'ai la poisse. »

CHAPITRE VI

Nous laissâmes à nouveau la voiture près du Service des Mines, pour monter à pied la Calle Campomanes. Au coin de la rue, Don Pepe s'arrêta et me dit, en me tendant la main :

– Merci de m'avoir amené, Marquitos.

Je lui proposai de revenir le prendre quelque part deux heures plus tard pour rentrer ensemble à Muérdago. Mais il lui restait encore plusieurs affaires à régler et il ignorait quand il en aurait fini, aussi me dit-il qu'il préférait rentrer en car. Cela me convenait car, bien que le vieil homme me fût sympathique, au retour sa compagnie m'aurait empêché de passer par la mine, si j'avais quelque raison de m'y rendre. Nous nous dîmes adieu et il prit la Calle del Turco en direction de l'Université, où se trouve le laboratoire d'analyse des minerais. Je traversai la Plaza de la Libertad et entrai dans le Palacio de Gobierno.

Je fus ahuri de constater de quelle influence disposait mon oncle à Cuévano. Il me suffit de montrer sa lettre à l'employée de la réception pour être reçu deux minutes plus tard par le directeur des Travaux publics en personne, qui ne m'attendit pas assis à son bureau mais vint me recevoir à la porte. C'était l'ingénieur Requena, un vieux monsieur prognathe que j'avais eu comme professeur à l'École des Mines. Quand je lui rappelai cette coïncidence, il feignit de se souvenir de moi.

– Vous étiez l'un des meilleurs élèves.

C'était inexact, je n'avais jamais été bon élève. Nous nous assîmes. Il me demanda des nouvelles de mon oncle et je répondis qu'il allait un peu mieux, « compte tenu de la gravité de son état ». Je gardai une attitude de factotum tandis qu'il lisait la lettre avec intérêt et respect. Une fois sa lecture terminée, il me dit :

– Je ne peux rien refuser à Don Ramón et par conséquent à vous non plus. De quels appareils avez-vous besoin?

Je lui remis une liste. Elle ne comportait rien d'extraordinaire, juste le nécessaire pour effectuer un relevé topographique un peu précis. L'ingénieur Requena me posa plusieurs questions. Manifestement, il se demandait pourquoi mon oncle voulait effectuer cette sorte de relevés. Je lui laissai entendre qu'il s'agissait de délimiter des propriétés. Je ne parlai ni de la mine ni du gisement de cryolithe, car lui ne pouvait ignorer qu'une évaluation correcte de celui-ci exigerait un forage, impossible à simuler. Mes réponses – parfaitement mensongères – semblèrent satisfaisantes à l'ingénieur Requena et, à la fin de l'entrevue, il me signa un bon pour que je puisse retirer le matériel au magasin.

Je me félicitais encore de la façon dont j'avais trompé l'ingénieur Requena quand, arrivant au magasin pour y prendre les appareils, je m'aperçus que l'employé qui devait me les remettre n'était autre qu'un certain Maldivio, qui avait travaillé avec moi au ministère de la Planification. Comme il ne m'avait jamais vu sans barbe, il ne me reconnut pas tout de suite, mais il fit immédiatement le rapprochement en lisant mon nom sur le bon.

– El Negro! Quel plaisir de te voir!

Je feignis d'être content moi aussi, et nous nous donnâmes l'accolade. Je me disais, à part moi, que le jour où mon signalement paraîtrait dans les journaux – ce qui risquait de ne pas tarder –, ce fils de pute serait le seul à savoir que Marcos González, alias El Negro, actuellement en fuite, qui travaillait au ministère de la Planification, était le même qui se promenait dans l'État du Bas et réalisait des relevés topographiques à l'aide d'appareils prêtés par la Direction des Travaux publics. Maldivio, un rouquin qui m'avait toujours déplu, m'invita à dîner chez lui; je refusai avec une fermeté confinant à l'impolitesse, me disant qu'il me dénoncerait de toute façon, que j'aille ou non chez lui. Autant valait le blesser que de partager sa compagnie.

Maldivio se montra en effet offusqué, mais n'en envoya pas moins deux magasiniers charger le tachéomètre, les balises, les alidades et le trépied jusqu'à la Safari. En partant, je leur donnai vingt pesos; ils m'en remercièrent vivement. Je rangeai le matériel dans le coffre, que je fermai à clé. J'allai ensuite acheter les journaux de México et m'installai au bar Flor de Cuévano, où à la vérité le café était toujours aussi mauvais que lorsque j'étais étudiant. Je constatai avec soulagement que ni La Chamuca ni moi n'étions mentionnés dans les journaux, qui ne rappelaient pas non plus l'incendie du Globo. Je me levai pour demander une communication longue distance sur Jerez. Angel Valdés put à nouveau parler à mademoiselle Medina.

– Comment vas-tu? demandai-je à La Chamuca.

– Tu me manques.

– Prends patience! Tout se passe très bien, c'est une question de huit jours. Mon oncle me donnera l'argent, je passerai te prendre et nous partirons ensemble pour la plage de la Media Luna.

Tout à coup, je pris conscience que lorsque j'avais quitté La Chamuca quatre jours plus tôt, elle n'avait en tout et pour tout que soixante et un pesos en poche. Elle devait en baver !

– Je t'envoie de l'argent aujourd'hui même : mille pesos.

Elle me remercia, l'air content. En écoutant cette voix si directe, si peu affectée, et en la comparant à celles d'Amalia ou de Lucero, je ressentis pour elle une plus grande affection que jamais.

– Je t'aime. Dis-moi que tu m'aimes !

– Je t'aime.

Nous nous dîmes adieu. Je venais de raccrocher et m'apprêtais à sortir de la cabine, quand mon attention fut attirée par un homme qui marchait dans la rue.

« Ne serait-ce pas Pancho ? »

Je sentis un frisson dans le dos. Pendant que la caissière faisait mon compte, je me rapprochai de la porte du bar, d'où je vis à nouveau cet homme; il traversait la rue. Il ressemblait effectivement à Pancho, à ceci près que dans mon souvenir Pancho était un peu plus gros. Je payai la communication et la consommation, retournai à ma table récupérer les journaux, sortis dans le Jardín de la Constitución et, comme la fois précédente, les jetai dans une poubelle. Je retrouvai la Safari, la mis en marche et sortis de Cuévano. Sur la route, je m'aperçus que la peur provoquée par le faux Pancho m'avait fait oublier d'envoyer les mille pesos à La Chamuca (j'avais prévu d'aller dans une banque faire un virement à son nom sur la succursale de Jerez). Et, comme je n'arriverais à Muérdago qu'après une heure et demie, je compris qu'il me faudrait attendre le jour suivant.

En arrivant à la mine, j'eus l'impression que l'endroit était désert. Mais, après être descendu de la voiture, comme je me dirigeais vers la galerie, j'entendis dans mon dos la voix d'El Colorado crier :

– Eh!

Je sursautai. Je me retournai et constatai qu'El Colorado s'était installé dans « la maison de l'Espagnol ». Il avait garni de pierres le rebord d'une des fenêtres et y avait installé sa carabine. S'extrayant de son petit fauteuil, il se planta sur le seuil et recracha un morceau de la tige de canne à sucre qu'il tenait à la main.

– Aide-moi à décharger quelques trucs, lui dis-je.

Nous déchargeâmes les appareils et les déposâmes dans une des pièces de « la maison de l'Espagnol » où subsistait encore un bout de toit. Je ne laissai dans la voiture que le tachéomètre avec son étui, dans l'intention de l'exhiber chez mon oncle, en entrant et en sortant, pour que tout le monde soit convaincu que je travaillais sérieusement. Le déchargement terminé, El Colorado regarda un instant par terre avant de m'apprendre la nouvelle :

– Il y a un crétin qui est passé, je lui ai tiré dessus avec la carabine.

– Tu ne l'as pas blessé gravement?

– Pas trop. Je visais sa jambe, et je l'ai touché au bras. Il saignait un peu, mais il a réussi à monter dans sa voiture et à se tirer à toute vitesse.

Il me montra les taches de sang, presque noires, sur l'herbe sèche.

– Ce n'était pas un type en chemise rouge et verte, très grand, aux épaules très larges?

– Ça lui ressemble.

– Dans une petite voiture blanche?

– Oui, c'est ça.

105

Je me dis que malgré ce qui s'était passé la nuit précédente, et son comportement au petit déjeuner, Amalia avait prévenu El Gringo que je devais mener Don Pepe à Cuévano, et qu'il avait pensé qu'il n'y aurait personne à la mine durant la matinée. Je donnai à nouveau deux cents pesos au Colorado.

J'arrivai de bonne heure à Muérdago pour le repas. La voiture du Gringo était devant le portail, ce qui promettait quelques problèmes. Je sortis le tachéomètre et appelai d'un coup de heurtoir.

– Ils sont dans le vestibule, me dit Zenaida en m'ouvrant.

Il me sembla qu'ils me regardaient tous avec réprobation. El Gringo avait changé sa chemise rouge et verte contre une autre – verte et rouge – et portait le bras en écharpe. Il s'était assis sur le rocking-chair et son visage exprimait la douleur. Amalia, debout à côté de lui, une main sur son épaule, semblait vouloir absorber une partie de sa douleur. Je demandai au Gringo :

– Il t'est arrivé quelque chose au bras?

Il se contenta de serrer les mâchoires. Ce fut Amalia qui répondit :

– Figure-toi qu'il a buté contre un chien en train de courir; il est tombé et s'est fait une sérieuse luxation.

Je compris qu'il ne porterait pas plainte et me sentis plus détendu; je m'aperçus alors que les trois autres Tarragona se trouvaient également dans le vestibule. Alfonso était en chemise, les bras croisés, appuyé contre la balustrade; Gerardo et Fernando fumaient, assis sur la banquette d'osier. L'atmosphère était tendue, malgré les verres de tequila et les citrons sucrés qui auraient pu donner une impression de convivialité. Je déposai par terre le tachéomètre dans son étui, tous le regardèrent avec curiosité mais personne ne demanda ce que c'était. Tandis que je me relevais, Lucero apparut à la porte de la salle à manger, un verre de tequila dans une main et une assiette de fromage dans l'autre. Elle me tendit la tequila et m'offrit du fromage, avec un grand sourire. Je remarquai alors quelque chose d'étonnant dans cette assemblée : l'absence de mon oncle.

– Où est notre oncle?

Tous les regards se détournèrent de moi. Il y eut un silence, puis Amalia, ayant consulté ses frères du regard, me dit :

– Il est dans son bureau.

– En discussion avec maître Zorrilla, ajouta Alfonso.

– Je ne sais pas qui est maître Zorrilla.

– C'est le notaire le plus connu du bourg, dit Gerardo.

– Apparemment, notre oncle rédige son testament, ajouta Fernando.

Je m'assis sur un des sièges. Lucero faisait circuler le fromage. El Gringo geignit en changeant de position sur sa chaise. Fernando se mit à taper du pied nerveusement mais, comme la banquette grinçait, il dut arrêter. Alfonso tournait en rond dans la pièce. Amalia, quant à elle, se mit à faire le ménage : dès que l'un d'entre nous secouait sa cigarette, elle voulait emporter le cendrier. Lucero allait et venait avec d'autres assiettes de fromage.

– Voilà deux heures qu'ils sont enfermés ensemble, dit Gerardo en consultant sa montre.

On avait l'impression que le chien préféré de la famille s'était échappé.

Je me levai pour aller me servir un autre verre dans la salle à manger. Lucero entra sur mes talons et se planta entre moi et la console.

– Je vais te servir, me dit-elle en me retirant la bouteille des mains.

107

Elle servit la tequila dans mon verre, y goûta et me le rendit en riant. Nous restâmes là un instant tout proches, moi collé contre elle et elle contre la table, les yeux dans les yeux, sans rien dire. Heureusement que personne n'entra à ce moment-là.

Lorsque nous regagnâmes le vestibule, mon oncle sortait de son bureau, son fauteuil roulant poussé par trois hommes à cheveux blancs portant costume, gilet et cravate. Tous quatre riaient de la blague concernant la hyène. Connaissant les habitudes secrètes de mon oncle, je supposai qu'ils avaient bu du mezcal. La jovialité de ces hommes âgés contrastait avec les sourires figés de mes quatre cousins. M'apercevant, mon oncle me présenta à ses amis :

— Voici Marcos, mon autre neveu, dont nous avons déjà parlé.

Ils me saluèrent avec affabilité et j'en déduis qu'il avait dû leur parler de moi en bien. Il y avait là le notaire Zorrilla, avec une serviette de cuir, le docteur Canalejas, aux moustaches d'obrégoniste, et un troisième que je connaissais déjà : Paco, l'administrateur du Casino. Amalia leur offrit de prendre l'apéritif, mais ils refusèrent et prirent congé. Le plus intéressant fut que le notaire dit à mon oncle, avant de partir, en tapotant sa serviette de cuir :

— Ce document sera enregistré aujourd'hui même.

Tous, nous entendîmes cela avec beaucoup d'intérêt, pensant qu'en effet le testament était rédigé. Une fois les trois autres partis, Alfonso, d'un ton très attentionné, demanda à mon oncle :

— Comment ça s'est passé avec le notaire, tu n'as pas eu de difficulté ?

— Aucune, tout s'est très bien passé.

Mon oncle voulut savoir ce qu'il y avait dans mon étui. Je l'ouvris et en sortis le tachéomètre.

– Fernando, prends-en bonne note, dit mon oncle. Il faut profiter de ce que nous avons sous la main un appareil et un ingénieur, pour faire un relevé de la Mancuerna. Mets-toi d'accord avec Marcos pour l'amener un jour à l'hacienda; il nous dira combien il demande pour faire ce travail.

– Si tu penses qu'un relevé est nécessaire, on le fera.

Il ne fut plus question du testament.

Après le déjeuner, au lieu d'aller faire la sieste comme tous les après-midi dans la chambre d'Amalia, El Gringo qui visiblement se sentait encore mal voulut rentrer chez lui.

– Mais tu n'es pas en état de conduire! lui dit Amalia.

Mes cousins étaient partis, j'étais le seul homme valide dans la maison.

– Que Marcos le ramène, dit mon oncle.

C'est ainsi qu'El Gringo et moi, qui ne le souhaitions pas plus l'un que l'autre, nous retrouvâmes dans sa petite voiture blanche. El Gringo me dit par quelles rues il fallait passer, puis me demanda :

– Sais-tu comment j'ai atterri à Muérdago?

– Non.

– Devine. Je te donne trois chances.

Je refusai la devinette.

– Je n'en ai pas la moindre idée.

– Je cherchais le trésor de Pancho Villa.

– Vraiment?

Je me dis qu'il fallait vraiment être idiot pour chercher le trésor de Pancho Villa dans un endroit où celui-ci n'était jamais passé.

– Oui, j'avais des raisons de penser que le trésor était enterré dans une petite église, au village de Comales.

– Et il y était?

– Non. Mais sais-tu ce que j'ai trouvé à Muérdago?

– Je t'ai déjà dit que je n'en avais pas la moindre idée.

– J'ai trouvé Amalia.

– Je comprends, dis-je.

Mais je ne comprenais rien du tout. Je ne savais que penser de cette conversation. Arrivés chez lui, nous descendîmes de voiture; El Gringo me fit signe de la tête et me dit :

– Viens!

– Merci, mais j'ai beaucoup de choses à faire.

– Je veux te montrer ma collection d'armes.

J'entrai chez lui pour voir sa collection d'armes. El Gringo possédait des carabines et des fusils de toutes tailles et tous calibres. Il m'expliqua laquelle servait à tuer un cerf de près, laquelle à le tuer de loin, laquelle était la plus appropriée pour abattre un pigeon ramier.

– Tu aimes la chasse?

– Pas du tout.

– Je t'invite dimanche prochain à tirer les poules d'eau au bord du Bagre.

J'allais lui dire que je n'aimais pas les poules d'eau, même en sauce, et encore moins l'idée d'aller leur tirer dessus au bord du Bagre, surtout en sa compagnie. Je n'osai pas et lui servis une banalité :

– Je crains de ne pas pouvoir venir.

El Gringo, selon toute apparence, parlait espagnol, mais ne comprenait que ce qui lui convenait, car lorsque je repartis il me dit :

– Je passerai te prendre dimanche à sept heures.

110

Et il ajouta quelque chose que je ne compris pas mais qui me fit passer un frisson :
– Je n'oublie jamais rien.

Cet après-midi-là, j'arrangeai la pièce aux malles pour la transformer en atelier de dessin, en y ajoutant une table que j'avais trouvée dans la dépense et un lampadaire qui se trouvait auparavant au salon. Zenaida balaya, épousseta, m'aida à porter les affaires. Quand elle fut partie, je commençai à travailler.

Le travail que je pensais remettre à mon oncle comportait quatre phases. La première était de tracer un secteur sur la carte aérienne; j'en avais pour une demi-heure. La deuxième, de prendre les mesures de ce secteur et de les reporter sur un carnet de terrain : un jour de travail. La troisième, de dessiner à partir de ces données la configuration de la mine de la Covadonga et de ses environs – ce serait la même que sur la carte, mais avec des centaines de détails supplémentaires ne figurant pas sur celle-ci, et n'existant pas davantage dans la réalité : trois jours de travail. La quatrième et dernière, en utilisant les données du carnet de terrain, de remplir plusieurs feuilles de papier quadrillé de calculs compliqués, par exemple des cubages et des rapports d'incidence, desquels conclure que la mine était intéressante, mais qu'il faudrait un investissement supérieur à celui initialement prévu : un jour de travail.

Le conseil que je pensais donner finalement à mon oncle était de ne pas faire cet investissement. J'espérais qu'il me serait reconnaissant de lui éviter une mauvaise affaire et me verserait les quarante mille pesos qui devaient me revenir aux termes de notre contrat. J'irais alors chercher La Chamuca et nous partirions ensemble à la plage de la Media Luna passer six mois à l'hôtel Aurora.

J'avais terminé le tracé du secteur et commençais à travailler sur le carnet de terrain, quand j'entendis des pas dans la cour pavée; quelqu'un tapa à la porte entrebâillée.

– Entrez, dis-je en espérant que c'était Lucero.

Mais c'était Alfonso. Derrière lui, dans la cour, se trouvaient Gerardo et Fernando. Bien que me voyant devant une table couverte de papiers, il me demanda :

– Tu n'es pas trop occupé?

– Assez, en fait.

– Écoute, ça ne fait rien. Laisse à un autre jour ce que tu es en train de faire, parce qu'il faut que nous parlions de quelque chose de très important. Viens avec nous au California.

Le bar California est une salle toute en longueur, éclairée par une lumière verdâtre qui donne à tous les clients l'allure de cadavres. La décoration représente un désert avec des cactus, on s'assoit dans des fauteuils en cuir et il y a par terre les crachoirs les plus lourds que j'aie jamais vus. Il y a aussi un trio de mariachi qui joue sans interruption.

Mes cousins demandèrent du rhum avec de la limonade. Gerardo m'avertit :

– Ne demande pas de boisson d'importation, tu te ferais rouler.

Je demandai un Cuba libre. Une fois servis, nous bûmes une gorgée et enfin Alfonso prit la parole.

– J'espérais, me dit-il pour récapituler la situation, que le testament de mon oncle avait été mis au net, parce que j'ai quelqu'un de confiance qui travaille au cabinet du notaire Zorrilla et qui m'aurait aujourd'hui même informé de son contenu. Malheureusement, ça ne s'est pas passé comme ça. Il semblerait que, ce matin, mon oncle ait lui-même rédigé son testament et l'ait mis dans une enveloppe cachetée. Les trois personnes qui se trouvaient dans son bureau n'ont fait qu'attester que mon oncle avait écrit ce document de sa propre volonté et qu'il était sain d'esprit à ce moment-là, mais eux non plus ne savent pas ce que contient le texte. La main courante indique seulement que le testament de mon oncle se trouve dans le coffre-fort du notaire Zorrilla, à l'intérieur d'une enveloppe cachetée.

— Autrement dit, intervint Gerardo, nous en sommes toujours au même point : nous savons que notre oncle a pris une décision, mais nous ne savons pas laquelle et nous n'avons personne à qui le demander.

— Nous pouvons le lui demander à lui-même, dit Fernando.

Tous trois me regardaient, attendant un commentaire. Je cherchai sans la trouver une réponse pas trop compromettante et, faute de la trouver, dis simplement :

— Je comprends...

— Le jour où nous avons parlé de cette affaire, déclara Gerardo, je t'avais demandé de nous tenir au courant dès que tu aurais une idée de ce que tu hériterais de notre oncle, pour que nous puissions tous faire nos comptes. Qu'as-tu à nous dire à ce propos ?

— Rien. Mon oncle ne m'a rien dit.

Alfonso reprit :

— Laissons de côté ce que pourrait te dire notre oncle. À combien évalues-tu ta part d'héritage ? Donne-nous un chiffre maintenant : mes frères et moi sommes décidés à te la racheter à l'instant même. Donne-nous un chiffre.

Je fus sur le point de répondre cent, deux cents, trois cent mille pesos. Cela représenterait un an, deux ans, trois ans à la plage de la Media Luna, hôtel Aurora, avec La Chamuca. Mais tout de suite je fus pris d'un doute et me demandai si je ne devrais pas en profiter pour demander un million. L'instant d'après, je me dis que le mieux était peut-être même de ne rien céder et d'attendre que mon oncle meure. C'était vraiment un raisonnement de petit-bourgeois, ce qui me laissa effaré.

– Je ne sais pas, dis-je. Il faut que j'y réfléchisse.

– Eh bien, réfléchis-y cette nuit, dit Alfonso, et tiens-nous au courant demain sans faute. L'opération sera très simple : nous te remettrons l'argent, et toi tu nous signeras un papier stipulant que tu renonces à l'héritage.

– À condition, bien entendu, que le montant que tu nous proposeras nous paraisse raisonnable, précisa Gerardo.

– Et compte tenu du fait, ajouta Fernando, qu'il est possible aussi que notre oncle ne te laisse rien.

Je me dis en entendant cela que c'était très improbable; dans ce cas-là, ils n'auraient pas été là tous les trois, assis en face de moi, à essayer de me racheter ma part d'héritage.

J'allai trouver mon oncle dans son bureau. Il jouait aux échecs avec Lucero, qui de toute évidence était en train de gagner. Mon oncle parut comme soulagé de me voir et dit :

– Ça tombe bien que tu sois rentré, je voulais parler avec toi. Lucero, nous terminerons cette partie un autre jour. Pour l'instant, apporte une bouteille de cognac à Marcos.

Lucero rangea l'échiquier dans un coin et sortit du bureau.

– Tu étais au bar avec tes cousins.

– Comment le sais-tu?

114

– Lucero t'a vu partir avec eux, et de plus je te trouve un peu fuyant.

Lucero revint avec un plateau, le posa sur le secrétaire, versa de l'eau minérale dans le verre de mon oncle, du cognac dans le mien, s'inclinant deux fois pour nous servir et mettre en valeur sa croupe. Quand elle fut ressortie, mon oncle ingurgita, cul sec, le contenu de mon ballon.

– J'avais une soif terrible, dit-il, et il me tendit le ballon pour que je le lui remplisse à nouveau.

– Pourquoi ne gardes-tu pas une bouteille de cognac dans ton coffre-fort? questionnai-je.

– Cela ne servirait à rien, je n'aime pas boire seul.

Puis il ouvrit le coffre-fort et en sortit un verre sale, dans lequel je bus à mon tour. Quand je lui demandai de quoi il voulait s'entretenir avec moi, il me répondit que c'était un prétexte, qu'il avait simplement envie de boire.

– Je voudrais te poser une question délicate, dis-je.

– On verra si j'ai envie d'y répondre.

– Voilà : mes cousins m'ont proposé de me racheter ma part d'héritage.

– Doucement, doucement! Quelle part et de quel héritage?

– Ils pensent que dans le testament que tu as fait ce matin, tu m'as laissé quelque chose.

– Ah oui?

Je le dévisageai attentivement mais ne pus déceler à l'expression de son visage si les suppositions de mes cousins étaient fondées ou non. Je poursuivis :

– Ils m'offrent de me payer maintenant pour que je renonce à l'héritage et que je ne les gêne pas.

– Ce n'est pas une mauvaise idée. Je crois bien qu'à leur place je ferais la même chose.

– La question que je veux te poser est double. D'abord, si j'ai intérêt à céder cette part d'héritage, ensuite, en ce cas, combien je dois leur demander.

Mon oncle répondit sans hésiter :

– Je te conseille de vendre. Demande un prix qui te paraîtra suffisamment élevé et arrange-toi pour qu'ils te paient le plus possible. De toute façon tu en sortiras gagnant, quoi qu'ils te versent.

Je craignais que cette discussion ne soit douloureuse pour mon oncle, mais elle le fut beaucoup plus pour moi. Il venait en effet de me faire comprendre qu'il ne m'avait rien laissé et que ma part d'héritage n'existait que dans l'imagination de mes cousins.

Mes rêves furent peuplés de colonnes de chiffres, de noms de repères du secteur topographique, de points de visée, de distances, d'azimuts, d'orientations magnétiques, etc. C'est seulement en rouvrant les yeux que je pris conscience d'être dans la chambre des jumelles. J'avais très chaud, surtout dans le dos, comme si je m'étais recouvert d'un poncho épais. Bizarrement aussi, je sentis quelque chose de dur entre mes côtes et le matelas, quelque chose comme un bras, mais qui n'était pas le mien.

Des mains qui n'étaient pas les miennes me caressaient le sexe. Quelqu'un me mit la langue dans l'oreille. Quelqu'un s'enfourcha sur moi. J'allais dire : « Lucero, mon amour », quand je me rendis compte que la femme qui s'était couchée au-dessus de moi était plus lourde que cela.

– Amalia, mon amour.

Le baiser humide qu'elle me donna me fit comprendre que je ne m'étais pas trompé.

CHAPITRE VII

Le lendemain, vendredi 18 avril, à dix heures et demie du matin, je rédigeai le texte suivant, qui reflète bien mon état d'esprit du moment :

« Mon oncle Ramón croit sûrement que je fais de longues marches à travers les broussailles de ces collines, avec mon tachéomètre, constamment à régler le viseur, à essayer de lire à la loupe ce qu'indique le vernier, à retranscrire des colonnes de chiffres dans le carnet de terrain, etc. Il se trompe. Je suis plongé jusqu'à la ceinture dans l'eau tiède de l'étang, en train d'écrire ces lignes, le tachéomètre est rangé dans son étui, mes vêtements sont restés à l'ombre d'un mezquile. Je suis nu, assis sur une espèce de tronc limoneux, devant une pierre émergée qui me sert d'écritoire. Je pourrais rédiger ici en peu de temps le carnet de terrain, si je n'avais oublié la carte aérienne dans la pièce aux malles. Impossible, donc. L'étang se trouve au beau milieu du Calderón, les quatre collines semblables qui m'entourent se nomment El Foque, El Borloque, La Teta del Norte et El Cerro sin Nombre. Je n'ai jamais oublié leur nom mais El Colorado a dû me rappeler, à l'instant, à quelle colline correspondait chaque nom. C'est très utile pour le travail que j'effectue, cela le rend plus crédible.

Maintenant, je sais que la mine est creusée sur le flanc d'El Cerro sin Nombre, que la source jaillit au pied de La Teta del Norte, que l'hôtel et les ranchs sont blottis dans le vallon qui sépare El Foque et El Borloque.

« L'eau de l'étang empeste toujours autant le soufre qu'au temps de mon enfance, et au fond continuent de pousser les mêmes plantes aquatiques que nous nous mettions sur la tête pour ressembler à des monstres marins. Les acacias et les cannes à sucre ont poussé jusqu'à former un mur végétal qui bouche la vue entre l'hôtel et l'étang. Jadis, la patronne de l'hôtel pouvait nous voir jouer depuis la fenêtre du second étage.

« Je ne suis pas venu ici aujourd'hui par obligation, mais parce que je suis censé travailler le matin sur le terrain, et il faut bien que je tue le temps. Je prends un repos bien mérité après la nuit que m'a fait passer Amalia. Qui aurait pu me faire croire que je tromperais La Chamuca, à qui j'ai toujours été fidèle, avec une femme plus âgée – Amalia doit avoir dans les quarante-cinq balais – qui m'a toujours parue ridicule! Un peu moins maintenant, parce que je commence à la connaître. La vérité est que je lui suis très reconnaissant de la façon dont elle m'a réveillé cette nuit. »

Après avoir quitté la mine, j'allai à Cuévano au Service des Mines chercher le « certificat de non-inscription » de la mine La Covadonga, située dans la commune de Las Tuzas, dans l'État du Sud. J'eus droit à un service éclair grâce aux deux cents pesos que je donnai au responsable des archives, qui au début voulait me faire attendre deux mois, le temps de bien vouloir se donner la peine d'effectuer la vérification. Selon le document qu'il me fournit, « l'Espagnol » s'appelait José Isabel Tenazas Archundia et n'était aucunement espagnol, puisqu'il était né à El Oro, État de México, et il avait exploité la mine pour en tirer des minerais de manganèse. Pourvu, me dis-je, que mon oncle n'ait jamais l'idée de montrer ce papier à quelqu'un du métier, car n'importe quel mineur sait que glucinium et manganèse ne peuvent se rencontrer au même endroit.

J'achetai à nouveau les journaux de México et allai m'installer, pour les lire, à une table de La Flor de Cuévano. On n'y parlait toujours pas de l'incendie d'El Globo. Je me levai et me dirigeai vers la caisse pour demander une communication téléphonique avec La Chamuca, lorsque j'aperçus, assis dans un coin du café – d'où heureusement il n'avait pas dû me voir –, l'homme qui ressemblait à Pancho ou qui plutôt, à bien le regarder, devait être Pancho. Je dus faire un effort sur moi-même pour ne pas sortir en courant. Mais je ne restai que le temps de laisser un billet sur la table. Je traversai le Jardín de la Constitución, montai en voiture, et c'est seulement sur la route que je commençai à me rasséréner. Je me dis, en effet, que si la police avait minutieusement étudié mes antécédents au ministère de la Planification, il ne lui aurait pas été difficile de faire un rapprochement entre moi et Cuévano : mon dossier indiquait que j'avais fait mes études à l'École des Mines de cette ville. Je décidai cependant qu'il était plus prudent de ne plus y mettre les pieds. Par contre, Muérdago me semblait un lieu assez sûr, sauf au cas où Pancho, si c'était bien lui, aurait l'idée d'aller voir mes anciens professeurs : il se pourrait alors que le vieux Requena lui montre la lettre de recommandation de mon oncle. Cela paraissait fort peu probable, cependant la situation devenait délicate; il devenait urgent que j'obtienne de l'argent pour partir avec La Chamuca à la plage de la Media Luna – hôtel Aurora. Arrivé à ce point de mon raisonnement, je me souvins, à une heure dix, que la peur causée par Pancho m'avait fait oublier, pour la seconde fois, d'envoyer à La Chamuca l'argent que je lui avais promis.

Amalia s'était arrangée pour que Zenaida me change de place à la table. Maintenant, au lieu d'être assis à côté d'El Gringo, je me trouvais de l'autre côté, près de Lucero.

– C'est pour mieux te voir, me dit Amalia quand nous fûmes seuls, pour m'expliquer les raisons de ce changement. Je ne te vois pas quand tu es assis du même côté que moi, la tête de mon mari m'en empêche.

Ce changement eut une conséquence qu'Amalia n'avait pas prévue : cachée par la nappe, Lucero ôta sa sandale indienne et se mit à me caresser la jambe avec les orteils. Elle me servit davantage de taquitos que d'habitude, jusqu'à ce que mon oncle proteste :

– Pourquoi Marcos a-t-il droit à deux tacos et moi seulement à un?

– Comment va ton bras? demandai-je au Gringo qui le portait toujours en écharpe.

– Mieux. J'espère être remis dimanche, pour aller chasser les poules d'eau.

– J'avais oublié que nous devions aller à la chasse, avouai-je.

– Eh bien, souviens-t'en, parce que je n'oublie jamais rien, m'avertit-il.

Il prononçait cette phrase pour la seconde fois, et cela me fit à nouveau un effet très désagréable.

« Je vais demander un million, mais s'ils m'offrent cent mille je les prends », pensais-je lorsque je poussai la porte du California.

Mes cousins étaient installés dans un coin, entourés

des chanteurs de mariachi qui chantaient avec beaucoup de sentiment *Déjame como estaba*. Alfonso me fit signe d'approcher et me dit quand j'arrivai près de lui :

– Écoute cette merveille.

« Garde ton sang-froid, me dis-je en moi-même. Pas un mot tant qu'eux-mêmes n'en viennent pas à l'affaire. Fais comme si tu avais oublié la raison pour laquelle tu es venu, tu as toute la nuit pour marchander. »

Je compris que mes cousins étaient là depuis un bon moment. Ils n'étaient pas tout à fait ivres, mais déjà bien gais.

Déjame como estaba raconte l'histoire d'un homme qui vit une expérience amoureuse fort triste, parce que les femmes ne sont pas telles qu'il s'y attendait. Lorsque son amante l'abandonne, il demande à se retrouver comme il était avant de la connaître : « Sans amour ni douleur ni rien. »

– Ah, la la, maman! fit Gerardo.

Quand le trio alla chanter à une autre table, Gerardo se pencha vers nous et dit, sur le ton de la confidence :

– Je vais vous raconter quelque chose, parce que vous êtes mes frères, et à toi aussi, mon cousin, parce que tu viens de la capitale et que tu as vécu plus de choses.

Je croyais qu'il allait parler de l'héritage mais, au lieu d'aborder ce sujet, il nous raconta ce qui lui était arrivé à La Cañada, un village proche de Muérdago; le juge de La Cañada était tombé malade et, par amitié, il avait accepté de le remplacer temporairement et de traiter quelques dossiers urgents. Arrivé à La Cañada, il s'était rendu au tribunal, s'était assis au bureau du juge, et la secrétaire était entrée avec les dossiers.

– Vous voulez connaître la vérité? demanda-t-il. Quand je l'ai vue, je me suis senti ridicule, je me suis dit : des femmes comme ça, d'où sortent-elles, où se cachent-

121

elles? Je n'en ai jamais rencontré, quand j'étais célibataire!

Elle avait vingt-deux ans et s'appelait Angelita. Gerardo
la connaissait depuis trois jours quand il lui fit sa déclaration, en ces termes :

— Angelita, je ne sais si vous êtes libre, mais j'aimerais
faire l'amour avec vous.

Elle était célibataire, vivait avec sa mère et répondit
qu'elle était libre. Mon cousin Gerardo lui fit l'amour le
soir même, dans un des motels qui se trouvent sur la
route de Padrones.

— Pour vous dire la vérité, Angelita n'est pas très
cultivée mais les heures que j'ai passées avec elle, cette
nuit-là et les suivantes, ont été pour moi comme le début
d'une nouvelle existence.

Gerardo nous raconta encore qu'ils avaient été heureux
jusqu'à une certaine nuit où, revenant du motel, il était
entré dans la chambre, avait allumé la lampe de chevet
pour se déshabiller, et vu son épouse endormie dans le
lit conjugal.

— En la voyant si paisible, convaincue par le mensonge
que je lui avais raconté, à savoir que je rentrerais tard
parce que je procédais à des confrontations qui se révélaient très compliquées, je me suis dit : « Tu es un salaud;
cette femme qui est devant toi, tranquillement endormie,
t'a donné six enfants et vingt ans de paix; quand tu as
fait un delirium tremens, elle t'a soigné avec patience.
C'est elle, ta vraie compagne. » Savez-vous quelle décision j'ai prise alors, mes gars? Mettre fin dès le lendemain
à ma relation avec Angelita.

— Tu as eu bien raison, mon frère, dit Fernando.
L'adultère n'apporte que des problèmes.

Il ressortait du récit de Gerardo qu'à l'époque où il
avait pris cette décision, il avait déjà terminé son rem-

placement à La Cañada et que les trente minutes de route qu'il lui fallait parcourir entre Muérdago et La Cañada furent l'un des éléments qui le détermina à prendre cette décision.

– Le lendemain, continua-t-il, j'ai envoyé Angelita dans la pièce des archives, je l'y ai suivie et j'ai fermé la porte. Je lui ai dit : « Angelita, tout est terminé entre nous deux. Tu es jeune et je ne veux pas être un obstacle pour ton avenir. » Je lui ai offert mille pesos, pour arrondir les angles. Que pensez-vous qu'elle a répondu? Que je lui devais cinq mille pesos, parce qu'elle était vierge quand je l'avais connue.

– Oh, la salope! s'exclama Alfonso, visiblement indigné.

– Je les lui ai donnés, précisa Gerardo.

– Là, tu as eu tort, c'était une erreur, dit Fernando. Une femme qui fait payer sa virginité ne mérite pas un centavo.

– Je sais qu'elle ne les méritait pas, mais je voulais éviter qu'un jour elle se présente chez moi pour raconter à mon épouse ce qui s'était passé dans un certain motel, en bordure de la route menant à Pedrones.

– Ce que tu aurais dû faire, estima Alfonso, c'est te présenter devant le procureur et porter plainte : « Je suis juge, et mademoiselle Untel essaie de m'extorquer de l'argent. » Ça lui aurait flanqué la frousse et elle ne serait pas revenue t'ennuyer.

– Je ne vous ai pas encore raconté le pire, reprit Gerardo. Angelita a maintenant un fiancé, et ils viennent très souvent à Muérdago. Je les vois parfois passer devant le portail du tribunal.

– Moi, je ne le tolérerais pas, observa Fernando. Je sortirais du tribunal et je les abattrais tous les deux.

– Quand je la vois au bras de l'autre, je ressens ça

comme un affront, je me rends compte que je l'aime encore, je sens le couteau remuer dans la plaie.

– Là encore tu as tort, mon frère, dit Alfonso. Surtout que tu sais que cette femme ne vaut rien.

– Qui m'aurait dit, conclut Gerardo, qu'à quarante-sept ans je serais esclave de mes passions!

– Faisons venir les chanteurs! proposa Alfonso.

– Qu'ils me jouent *La que se fué,* demanda Gerardo.

Les musiciens revinrent devant notre table et chantèrent non seulement *La que se fué,* mais beaucoup d'autres airs. Je me levai. Le récit de Gerardo m'avait perturbé. En partie parce que j'avais bu plusieurs verres de rhum, mais avant tout parce que certains éléments de cette histoire me touchaient de près, vu ce que j'étais en train de vivre. J'allai au bar et demandai au serveur de me passer un certain numéro à Jerez. Comme il connaissait mes cousins, je n'osai pas utiliser un faux nom et lui donnai donc le mien.

– Je n'ai pas pu t'envoyer l'argent promis, dis-je à La Chamuca. Je te ferai un mandat télégraphique demain sans faute.

– Où es-tu?

Manifestement, elle entendait les voix du mariachi, qui était en train de chanter : « *No es falta de cariño/ Te quiero con el alma* », etc.

– Je suis en train de conclure un marché très important avec mes cousins.

Notre conversation ne fut pas très agréable. Je compris que La Chamuca commençait à se fatiguer de m'attendre et avait l'impression que je me payais un peu trop de bon temps à Muérdago.

Quand je retournai à la table, Gerardo avait sombré dans une profonde mélancolie. Fernando l'aida à se lever et le raccompagna chez lui. Je restai avec Alfonso au

California, espérant encore traiter la cession de ma part d'héritage. Espérance vaine, car cette nuit-là était consacrée aux secrétaires. Bien qu'il fût à peine onze heures et demie, Alfonso voulut que le mariachi aille jouer la sérénade devant la maison de la sienne.

— Elenita, celle que tu as vue, précisa-t-il.

Je compris que leurs relations ne se bornaient pas au travail.

Il se mit d'accord avec deux musiciens, donna mission au serveur de transporter deux bouteilles de Bacardi, de la glace, des verres et des boissons fraîches dans la Galaxie, puis il paya la note, y compris mon appel téléphonique. Avec nos bouteilles, les guitares et les chanteurs, nous prîmes la Galaxie jusqu'à un quartier résidentiel snobinard appelé Lomas de Muérdago. Nous nous installâmes, Alfonso et moi, dans une rue obscure, près de la voiture, en buvant du rhum avec de la limonade, pendant que le mariachi avançait d'une quinzaine de mètres jusqu'à une fenêtre ornementée dans le style colonial, derrière laquelle, selon Alfonso, dormait Elenita. Ils commencèrent d'abord à chanter *Las mañanitas,* puis : « Petite, ne sors pas dans la rue, car le vent filou, en jouant avec ta robe, peut découvrir ta taille », etc.

Une voiture passa à ce moment-là et l'un des passagers cria :

— Bonsoir, maître!

— Là, je suis plutôt dans la merde! dit Alfonso tandis que la voiture s'éloignait. La femme du type qui vient de passer est une amie de la mienne, à coup sûr elle va aller lui raconter que son mari m'a vu aux Lomas de Muérdago, en train d'offrir une sérénade.

Il fit signe aux musiciens d'en terminer rapidement et ils obéirent, en supprimant une strophe. Alfonso nous fit remonter tous les quatre dans la Galaxie et nous emmena à l'autre bout de la ville. Il s'arrêta devant une maison moderne, d'une spectaculaire laideur.

– Ici tu es chez toi, me dit-il quand nous descendîmes.

Puis il ordonna aux musiciens :

– Allez, muchachos, poussez la chansonnette pour madame mon épouse!

Ils se remirent à chanter « Petite ne sors pas dans la rue », etc. Très satisfait, Alfonso me dit :

– Si quelqu'un me demande ce que je faisais aux Lomas de Muérdago, je répondrai que j'avais dû aller jusque là-bas pour recruter les chanteurs.

Quand j'arrivai à la maison, j'en avais vraiment assez de mes cousins, et même d'Amalia. J'ôtai mes santiags dans le vestibule, me dirigeai vers ma chambre en essayant de ne pas faire de bruit et fermai la porte à clef. Je m'endormis profondément, jusqu'à ce qu'un léger bruit me réveille. Quelqu'un essayait d'ouvrir ma porte. Était-ce Amalia ou Lucero? Supposons que j'ouvre et que ce soit Amalia? Problème... Mais supposons que je n'ouvre pas et qu'il s'agisse de Lucero? Dommage... Le dilemme se dissipa parce que celle qui essayait d'ouvrir n'insista pas. Cela pourtant n'éclaircissait pas le mystère. Je restai éveillé un instant à me demander : était-ce Amalia ou Lucero qui cherchait à entrer? Après quoi je m'endormis.

Le lendemain matin, je me trouvais sous la douche, la tête pleine de shampooing, quand la porte s'ouvrit. Je soulevai le rideau et reconnus Amalia, tout habillée de blanc. L'espace d'un instant, je pensai qu'elle était entrée dans la salle de bains la croyant inoccupée, et que dès qu'elle m'apercevrait sous le jet d'eau elle ressortirait. Mais pas du tout. Amalia ferma la porte, se dirigea vers la douche, tira le rideau et s'agenouilla devant moi. J'eus

126

à peine le temps de fermer les robinets pour ne pas la tremper. J'aurais voulu prendre son visage entre mes mains, mais j'étais trop mouillé et j'aurais défait sa coiffure. Au bout du compte, je m'agrippai à la barre du rideau et pensai : « Je dois devenir fou, parce que cette femme me plaît énormément. »

Quand j'entrai dans la salle à manger, mon oncle prenait son chocolat.

– Ils se sont enivrés ? demanda-t-il.

– Un peu.

– Quelle chance ils ont ! Et qu'est-ce qui s'est passé, tu as vendu ta part d'héritage ?

– Non.

– Tu as bien fait. Ce n'est pas ton intérêt.

– Mais, mon oncle, est-ce que tu ne m'as pas dit hier que c'était ce que j'avais de mieux à faire et que j'y gagnerais quelle que soit la somme que mes cousins me proposeraient ?

– En effet, je t'ai dit ça. Mais est-ce que tu connais un endroit où j'aie la réputation de dire toujours la vérité ?

Je ne sus que lui répondre. Je le dévisageai, essayant de discerner si ce n'était pas plutôt à ce moment-là qu'il se payait ma tête. Il me dit :

– Fernando viendra te chercher aujourd'hui pour t'emmener à La Mancuerna, tu nous diras combien tu demandes pour faire le relevé de la propriété.

Est-ce que c'est ce qui m'attend, me demandai-je, rester ici pour attendre l'héritage, en inventant des plans topographiques ?

Lucero entra dans la pièce, vêtue d'un jeans et d'une chemisette blanche, sans soutien-gorge. Il me sembla que mon oncle et moi la regardions avec la même expression.

Amalia arriva alors avec l'agua zafia; pendant qu'elle discutait de je ne sais quoi avec mon oncle, Lucero s'approcha de moi et me dit avec le plus grand naturel :

– Cette nuit, j'ai voulu entrer dans ta chambre, mais je n'ai pas pu.

Plus ma situation se compliquait, plus je me sentais coupable et plus je ressentais comme absolument nécessaire, pour apaiser ma conscience, d'envoyer de l'argent à La Chamuca. Aussi, quand je sortis de la maison et trouvai Fernando qui m'attendait dans la rue, installé dans la Safari, je préférai encore me montrer peu discret que de reporter cet envoi au lendemain.

– Il faut que j'envoie un mandat télégraphique avant d'aller à La Mancuerna, lui dis-je.

Fernando m'accompagna au bureau de poste. Non seulement il m'accompagna, mais il resta à mes côtés pendant que j'écrivais le nom de La Chamuca, son adresse à Jerez, la somme que je lui envoyais – mille pesos, écrite en lettres et en chiffres –, et le message gratuit autorisé, cinq mots au plus. J'écrivis :

« NOUS REVERRONS SAMEDI PROCHAIN BISES »

– C'est ta fiancée? me demanda Fernando qui n'avait cessé de m'épier.

– Non, c'est une prêteuse à gages à qui je dois mille pesos.

– Il m'a semblé voir que tu avais écrit le mot bises.

– J'ai écrit pesos, pas bises [1], répondis-je, et je retournai la feuille.

1. Bises : *besos*, d'où le jeu de mots avec *pesos*.

128

Quand nous retournâmes à la Safari, Fernando passa devant moi et s'installa au volant.

– Je connais la route mieux que toi, alors c'est moi qui vais conduire, expliqua-t-il.

Toujours est-il que nous nous embourbâmes en traversant le lit asséché de la rivière Bronco. Comme Fernando était au volant, c'est moi qui dus descendre pour pousser. À quinze mètres de nous, trois ouvriers agricoles chargeaient un camion de sable à la pelle. Au lieu de venir m'aider, ils cessèrent de travailler pour me regarder transpirer sous l'effort. L'un d'eux semblait particulièrement amusé par ce spectacle, car il riait. Quand finalement le véhicule sortit du bourbier et retrouva la terre ferme, j'invectivai les trois hommes :

– Faites-moi le plaisir de rentrer chez vous, tous les trois, et que chacun aille donc baiser sa mère!

Ils ne bougèrent pas, ne répondirent pas. Je retournai m'asseoir dans la Safari. Fernando descendit par l'autre porte et s'approcha d'eux.

– Les gars, rappelez-vous que celui qui vous a insultés n'était pas moi mais seulement mon passager. Moi, je ne vous ai jamais manqué de respect.

Quand Fernando revint et démarra, je demandai :

– Dis-moi, Fernando, est-ce que j'ai eu raison ou pas de les envoyer chier, ces trois cons-là?

– Bien sûr. Mais tu n'es que de passage; moi, je vis ici, et je ne veux pas que l'un d'eux me tire dessus un jour par rancune, à cause de toi. C'est pour ça que je suis allé les calmer.

Il dit ensuite :

– Mes frères m'ont chargé de te poser la question dont nous devions parler hier, avant de nous amuser : combien demandes-tu pour ta part d'héritage?

129

Mais l'incident qui venait de se produire n'avait guère amélioré mes rapports avec Fernando. Je répondis :

– Plutôt que de vous céder ma part, je préférerais l'offrir aux religieuses du Verbe Divin.

Fernando me regarda avec la même expression que les trois paysans que j'avais envoyés paître. Je regrettai immédiatement mes paroles, et la suite des événements allait me les faire regretter bien plus encore. Si mes cousins m'avaient donné de l'argent à ce moment-là et si j'étais allé chercher La Chamuca pour que nous allions à la plage de la Media Luna, hôtel Aurora, bien des malheurs auraient été évités.

Cet après-midi-là, je dessinai la configuration de la mine, dans la pièce aux malles. Lucero arriva vers cinq heures et demie, très silencieuse, sans même me dire bonjour. Elle s'assit devant son chevalet et dessina plusieurs versions de ce qui était sans doute mon portrait. Je feignis de ne m'apercevoir de rien et évitai comme je pus d'en voir le résultat. Quand j'eus fini de reporter sur papier le fragment de secteur que j'avais commencé, j'avais les mains tremblantes. Mon degré d'excitation était à la limite du supportable. Je retirai mon plan de la table, l'enroulai avec soin et le posai à côté avec le carnet de terrain. Je pris ensuite une autre feuille de papier calque, que j'étalai sur la table. Lucero continuait à dessiner et me regardait de temps à autre, en se mordant la lèvre inférieure. J'allai fermer la porte en mettant le loquet, pour empêcher d'entrer Veneno, qui dormait dans la cour. Puis je m'arrêtai derrière Lucero, qui continuait à dessiner, lui posai les mains sur les épaules et lui dis :

– Viens.

Elle se leva, me suivit jusqu'au milieu de la pièce et

me laissa lui retirer ses sandales indiennes, son pantalon, sa culotte et sa chemisette.

– Assieds-toi ici, lui dis-je en désignant le papier propre que je venais d'étaler sur la table. Maintenant, lève les jambes et appuie-les sur mes épaules.

Elle obéit. Tout se déroula si bien que je supportai sans peine qu'elle ferme les jambes au moment de l'orgasme, presque au point de m'étrangler. Elle hurla de la même façon qu'Amalia.

(dimanche matin)

Parmi toutes les manières possibles de perdre une matinée de dimanche, je n'en imagine pas de plus stupide que celle-ci : accompagner El Gringo sur les rives du fleuve Bagre chasser la poule d'eau (plus précisément des agachonas, oiseaux aquatiques qui s'alimentent de mouches, dont la chair a un goût de vase, et que l'on considère comme un mets très délicat dans l'État du Bas. On les appelle comme ça parce que c'est une bête rusée ; quand elle se sent pourchassée, elle se tasse à la surface de l'eau, plonge, ressort peu après et disparaît à nouveau, déconcertant le chasseur et lui faisant rater sa cible).

Je suis assis sur une pierre parmi les roseaux, avec à la main le fusil que m'a prêté El Gringo. À cet endroit, devant moi, la rivière atteint vingt mètres de large. L'eau, presque sans courant, ressemble à du café au lait. Selon la théorie du Gringo, les poules d'eau doivent se montrer sur la rive opposée, entre les cistes et les saules. El Gringo est assis, vingt mètres plus haut, sur une autre pierre pratiquement cachée parmi les roseaux. Il a toujours le bras bandé mais ne le porte plus en écharpe. J'espère pour lui qu'il va suffisamment mieux pour par-

131

venir à tirer avec le fusil qu'il a choisi, un automatique de sept millimètres. Pour ma part, je trouve complètement aberrant de tirer sur des poules d'eau avec un fusil capable d'abattre un cerf! J'espère qu'El Gringo ne tirera pas avant moi : il va sûrement rater les agachonas et les effrayer, or ce sont des oiseaux qu'il faut atteindre du premier coup, sinon c'est fini.

J'ai faim. El Gringo est passé me prendre pendant que je m'habillais et je n'ai pas eu le temps de prendre mon petit déjeuner. J'ai chaud. Mon poncho de Santa Marta, encore agréable il y a un instant, maintenant que le soleil s'est levé devient étouffant. Je l'enlève, le pose sur le rocher et m'assieds dessus.

Les poules d'eau arrivent : elles sont au nombre de quatre et nagent à contre-courant. Elles vont donc passer d'abord devant moi, ce qui me donne un avantage. Je remarque qu'un tronc sec, au milieu de l'eau, s'interpose entre moi et les volatiles. Je me lève discrètement et m'installe cinq mètres plus bas, à un endroit où les roseaux sont plus denses. Occupées à gober des moucherons, les agachonas ne m'ont pas vu. Pauvres agachonas. Je pointe et je tire. J'entends presque simultanément la rafale d'El Gringo. Cet imbécile a tiré cinq fois avec son fusil automatique. Deux des poules d'eau, touchées, s'agitent à la surface de l'eau, tandis que les deux autres plongent. Dans l'excitation de l'instant, j'entre dans l'eau, mouillant mon unique pantalon, et je vais ramasser les pièces. Tandis que je patauge pour ressortir des roseaux et retourner sur la berge, je m'aperçois que les deux oiseaux que j'ai en main ont été atteints par des plombs; c'est donc moi qui les ai tués.

En sortant des roseaux, je retrouve El Gringo sur le sentier; il me tourne le dos et, en entendant mes pas, il sursaute et se retourne :

132

– Où étais-tu?

Je lui explique où j'étais; il semble furieux.

– Tu aurais dû m'avertir que tu changeais d'endroit, ç'aurait pu provoquer un accident.

En allant reprendre le poncho de Santa Marta que j'avais laissé sur le rocher, j'y découvris trois trous bien ronds. Je n'en parlai pas.

Lucero prépara les bestioles dans une tourte de pâte feuilletée. Elle y mit tant d'épices que j'arrivai à les avaler sans trop de mal. Je déclarai que c'était délicieux, mais à la vérité j'aurais préféré manger à peu près n'importe quoi d'autre. Mon oncle mangea presque la moitié de la tourte en l'arrosant de vin, car Amalia lui en laissait boire le dimanche. Juste pour embêter El Gringo, il me demanda sur un ton goguenard :

– Et que faisait donc Jim pendant que tu tirais les agachonas?

El Gringo plissa la bouche et serra les lèvres comme si quelqu'un cherchait à y faire entrer un pois chiche de force.

Lucero sortit durant l'après-midi et je pus travailler sans interruption dans la pièce aux malles pendant un bon moment. Mes yeux commençaient à papilloter quand la porte s'ouvrit, laissant passer Amalia.

– Viens, dit-elle, je voudrais te montrer quelque chose de vraiment divin.

Je la suivis, toujours avec la même perplexité que me produisait sa présence. Par exemple, elle portait des talons hauts et pointus – je suis sûr qu'elle aurait pu perforer un crâne d'un simple coup de pied –, qui se tordaient et glissaient tandis qu'Amalia avançait dans la cour de service, dallée de pierres. Je trouvais cela tout

133

à fait ridicule. Ses jambes, par contre, bien que poilues, étaient très bien dessinées et me procuraient une double sensation de répulsion et d'attirance sensuelle. Quant à sa conversation, elle était tellement grotesque que j'en venais à m'attendrir. Cet après-midi-là, par exemple, l'idée me passa par la tête de lui demander :

— Pourquoi t'es-tu mariée avec El Gringo?

— J'ai toujours adoré tout ce qui est américain.

Je me méprisais de trouver de telles stupidités attendrissantes, et plus encore de ne pas oser le lui dire. Pour le dire autrement, je ne la considérais pas comme mon égale, mais je n'arrivais pas à la repousser.

Elle me conduisit à la première porte du corridor, qui restait fermée en permanence, l'ouvrit avec la clef qu'elle tenait dans la main, et nous entrâmes dans une pièce obscure, car les volets étaient fermés.

— Regarde, dit-elle, et elle alluma la lumière.

C'était le lustre qu'elle voulait me montrer.

— N'est-ce pas qu'il est magnifique?

C'était un lustre de cristal à douze ampoules, dont ma tante Leonor n'avait jamais voulu se servir car, selon elle, il coûtait trop cher en électricité.

— Il est énorme.

— Quand je le vois allumé, j'ai l'impression d'être dans un conte de fées, dit Amalia.

Ensuite elle éteignit la lumière et nous fîmes l'amour par terre.

— Tu veux me rejoindre dans ma chambre, cette nuit? me demanda-t-elle deux heures plus tard, tandis qu'elle disposait sur le plateau les bouteilles qu'elle allait porter au bureau.

— Je crois que je ne vais pas pouvoir. Il faut que je travaille très tard.

Cette nuit-là, je la passai avec Lucero.

CHAPITRE VIII

— Je vais aller passer quelques jours ailleurs, dis-je à mon oncle au petit déjeuner.

— Et où vas-tu?

— Vivre près de la mine.

— Qu'est-ce que tu y gagneras?

— Je crois que je pourrai mieux travailler. Je perds beaucoup de temps en allées et venues.

— Très bien; mais moi, avec qui est-ce que je vais boire mon cognac après dîner?

Il était vraiment fâché.

En sortant de la maison, je trouvai mes cousins qui m'attendaient.

— Accompagne-nous au Casino, me dit Alfonso, il faut que nous parlions.

Nous marchâmes en silence, Fernando et Gerardo devant, Alfonso et moi derrière. Alfonso portait une serviette. Tous les gens que nous croisions dans la rue nous saluaient. Paco, celui du Casino, nous ouvrit le salon de jeux et nous envoya un garçon avec du café crème, la seule chose que l'on pût commander à cette heure-là. Pendant que nous remuions le sucre dans nos tasses, Alfonso prit la parole :

— Fernando nous a appris que tu préférais faire

cadeau de ta part d'héritage aux religieuses de Saint-Vincent...

– Du Verbe Divin, rectifia Fernando.

– ... du Verbe Divin, plutôt que de nous la céder, à nous tes cousins, qui souhaitions te la racheter.

– Du moins si tu en demandes un prix raisonnable, précisa Gerardo.

J'étais sur le point de leur dire que j'avais changé d'avis, mais ils ne me laissèrent pas le temps de parler.

– Ton attitude nous porte préjudice, dit Fernando.

– Et nous paraît très égoïste, ajouta Gerardo.

– Mais nous avons décidé de la respecter, reprit Alfonso, et de te proposer une autre formule qui t'intéressera peut-être davantage.

Cette formule était la suivante : vu que les seuls héritiers possibles étaient les quatre hommes présents à cette table, plus Amalia, il y avait une solution très simple pour parer à toute incertitude. Il suffisait que nous signions tous les cinq un accord, devant notaire, aux termes duquel nous nous engagerions, en cas de décès de notre oncle, à faire l'estimation du total des biens qu'il nous laisserait à tous les cinq dans son testament et à le diviser en cinq parts égales.

– De cette façon, le jour où notre oncle hélas nous quittera, conclut Alfonso, chacun des signataires sera bénéficiaire de biens dont le montant s'élèvera, pour donner un chiffre rond, à trois millions et demi de pesos. Qu'en penses-tu ?

Je répondis « très bien », encore que j'aurais préféré avoir l'argent entre les mains. Ma réponse leur fit plaisir. Alfonso ouvrit sa serviette et en sortit des papiers : six exemplaires de l'accord qu'il venait de me proposer. J'observai que l'un des exemplaires était déjà signé et pus lire, écrit à l'encre verte de l'écriture malhabile d'une élève d'école religieuse : « Amalia Tarragona de Henry. » Je ne sais pourquoi, j'éprouvai une certaine tendresse en voyant cette écriture. J'aurais plutôt dû être indigné, car Amalia avait probablement signé cet accord avant d'aller me faire admirer le lustre de cristal et ne m'en avait rien dit. Je sortis mon stylo et signai chaque page de l'accord, de la première à la dernière, sur les six exemplaires; mes cousins firent de même.

– Il y a un exemplaire pour chacun d'entre nous, expliqua Alfonso, et un autre pour Zorrilla qui va l'enregistrer aujourd'hui même.

Je gardai mon exemplaire, pris congé de mes cousins et me rendis aux W.-C. J'étais en train d'uriner quand Paco, celui du Casino, s'installa devant l'urinoir d'à côté.

– C'est vous l'héritier, me dit-il.

– Comment ça, l'héritier?

– Oui. Ramón a tout fait en secret, mais moi je suis en train de parier dans tout le bourg que c'est vous l'héritier. Vous voulez parier mille pesos?

– Non, merci beaucoup.

Sur la route du Calderón, je me disais : « Je suis né dans un ranch paumé, mon père était paysan, on m'appelle El Negro, mon unique parente qui soit devenue riche avait commencé putain, et j'ai perdu quatorze millions de pesos par une simple signature. Dire que j'ai la poisse, c'est encore peu dire. »

– La señora est arrivée, me dit Zenaida radieuse en ouvrant le portail, quand je rentrai dans l'après-midi.

Je n'osai pas lui demander qui était la dame qui était arrivée. Je me sentais comme un équilibriste qui vient de faire des pirouettes sur une corde raide et tout à coup se rend compte qu'il vient de lâcher prise et va s'écraser au sol, la tête la première.

Dans le corridor, voici ce que j'aperçus : mon oncle était assis dans son fauteuil roulant et El Gringo dans le rocking-chair. Ils n'étaient pas placés dans le même sens, mais leurs regards convergeaient vers le même point : les genoux bruns de La Chamuca, assise dans un fauteuil, vêtue d'un ensemble jaune que je ne lui connaissais pas et qu'elle avait acheté (je le sus plus tard) avec une partie des mille pesos que moi, comme un imbécile, je lui avais envoyés l'avant-veille.

La Chamuca ne bougea pas quand elle m'aperçut, car elle écoutait avec attention mon oncle, qui racontait une fois de plus l'histoire de la hyène. Amalia et Lucero, assises quant à elles sur le divan d'osier – c'était la première fois que je les voyais ainsi, à côté l'une de l'autre – ne regardaient ni les jambes de La Chamuca ni la bouche de mon oncle, mais bien moi, qui avançais dans leur direction. Je dois reconnaître que ce corridor ne m'avait jamais paru aussi long.

Quand mon oncle arriva à la fin de sa blague, La Chamuca et El Gringo éclatèrent de rire; moi, je tentai de sourire, sous le regard fort sévère d'Amalia et de Lucero. Quand elle eut fini de rire, La Chamuca se leva, vint me rejoindre et m'embrassa sur la bouche. Quand nous nous fûmes séparés, mon oncle me dit :

– Marcos, tu as commis deux grandes erreurs : la première est de ne pas avoir amené ton épouse dès le début, la seconde de ne pas être arrivé à temps pour la recevoir. Cela dit, je te félicite, elle est très sympathique.

Je n'osais pas regarder Lucero, ni Amalia. Je dis à La Chamuca :

– Je suis content que tu sois venue; mais je ne t'attendais pas.

– C'est que j'avais très envie de te voir.

– Amalia, dit mon oncle, fais préparer l'autre lit de la chambre d'amis.

Amalia se leva et, en passant près de moi, susurra :

– Tu n'as pas de cœur.

Ce fut un après-midi horrible. Au repas, Amalia modifia à nouveau la distribution des assiettes, je fus servi le dernier. À la fin, mon oncle voulut faire visiter la maison à La Chamuca et il nous fallut le pousser jusqu'au poulailler. Je me retrouvai seul un instant avec Lucero et lui demandai :

– Tu es fâchée?

– Non. Je suis triste.

Durant l'après-midi, les trois femmes s'installèrent dans le corridor; elles parlèrent de la mode, des avantages de la vie en province... Ensuite nous nous rendîmes tous, dans deux voitures, à la Loma de los Conejos, pour admirer le coucher de soleil. Le soir, mes cousins vinrent dîner à la maison pour faire la connaissance de La Chamuca. Après le repas, elle joua de la guitare – mon oncle avait fait sortir l'instrument d'une armoire – et chanta *Patrulla guajira*. Durant la nuit, j'essayai de faire l'amour avec elle mais me retrouvai impuissant.

Le lendemain, La Chamuca et moi allâmes nous installer à l'hôtel du Calderón.

(jeudi 24 avril)

Devant moi, sur la table de ping-pong de l'hôtel, est étalé mon travail dûment terminé. Le plan de configuration, qui mesure un mètre vingt de large et paraît fort exact, ne coïncide pas avec la carte aérienne de la région. Par exemple, El Cerro sin nombre, qui est circulaire sur la carte, forme sur mon dessin un ovale, ce qui me semble plus élégant et peut-être plus proche de la réalité – quoique cela n'ait aucune sorte d'importance. Sous le titre général d'« Étude de coûts et rendements », j'ai regroupé vingt pages quadrillées, pleines de calculs dont je comprends le sens mais qu'il serait trop compliqué et tout à fait inutile d'expliquer ici. À la fin viennent cinq autres feuilles, dactylographiées par La Chamuca sur la machine de l'hôtel, intitulées « Conclusions et recommandations », où je démontre de manière irréfutable que le gisement, quoique riche, n'est pas rentable à petite échelle.

Il est huit heures du soir, il y a des moucherons dans le vestibule où j'ai travaillé sans discontinuer durant ces trois derniers jours (Doña Petra, la patronne, m'a permis d'utiliser la table de ping-pong, car il n'y a pas d'autres pensionnaires que nous). Dans un instant, nous prendrons la Safari pour aller à Muérdago. La Chamuca attendra sur la Plaza de Armas pendant que je porterai le travail à mon oncle, qui me remettra les quarante mille pesos prévus dans notre contrat. Demain nous arriverons, La Chamuca et moi, à la plage de la Media Luna, hôtel Aurora, où nous avons déjà réservé.

Seconde partie

CHAPITRE IX

Ce que je vais raconter maintenant constitue le seul événement intéressant de toute ma vie. Je suis devenu détective après avoir été cinquante ans pharmacien. Je ne dirai pas que j'ai triomphé dans ce second métier, cependant je l'ai exercé mieux que les professionnels chargés de l'affaire que je suis parvenu à résoudre. Avant de commencer mon récit, je crois nécessaire d'indiquer que j'étais indirectement responsable des délits sur lesquels j'ai dû enquêter par la suite. Si, cette fameuse nuit où je reconnus Marcos González qui me saluait au moment où je fermais la pharmacie, je m'étais contenté de lui dire, comme d'autres : « Quel plaisir de te voir, bonne nuit et bonne chance! » il est probable qu'il aurait poursuivi son chemin et qu'aucun malheur ne se serait produit. Mais il en alla autrement, parce que je ressentis une grande sympathie pour lui en le voyant, tant il ressemblait, sous sa barbe, à sa tante Leonor Alcantara, une des personnes que j'ai le plus admirées et respectées. Il était fatigué ce soir-là, il portait un poncho et des chaussures très bizarres que l'on appelle, me dit-il plus tard, des santiags. Toujours est-il qu'il ressemblait à Leonor et qu'il me plut. Quand il me dit qu'il s'était présenté chez Ramón et qu'Amalia l'avait éconduit, je

143

n'hésitai pas à l'inviter à dormir chez moi. C'est la décision que je pris à ce moment-là et je crois qu'elle était correcte. Il aurait fallu être devin pour en imaginer les conséquences. Je le crus dur comme fer quand il me raconta l'histoire de la mine. Non seulement je le crus, mais il me sembla même que l'affaire qu'il venait proposer à Ramón pouvait être bénéfique pour ce dernier. Le lendemain, je l'accompagnai chez son oncle, le présentai et le soutins, au point de signer comme témoin le contrat établi entre eux. Je ne regrette pas ce que j'ai fait là, j'agissais de bonne foi. Si les conséquences en ont été fatales, je n'en suis pas responsable.

Le lendemain de la rencontre entre l'oncle et son neveu, je m'aperçus que je n'avais plus d'essence de Sparte. C'est un produit indispensable dans toute pharmacie, et dont on ne peut se fournir que dans celle du docteur Ballesteros, à Cuévano. Je fus donc obligé de me rendre à la capitale de l'État. Je sortais de la pharmacie du docteur Ballesteros avec l'essence de Sparte dans la poche, quand j'aperçus Marcos. Ma première réaction fut de l'appeler mais il était loin et semblait pressé. Il sortait du bar Flor de Cuévano. Ensuite il traversa le Jardín de la Constitución, jeta quelque chose dans une poubelle, puis prit à gauche comme s'il se dirigeait vers la Calle del Triunfo de Bustos.

Je crois que quelque chose dans son comportement me fit une impression désagréable, qui m'amena à un acte inhabituel chez moi : je voulus savoir ce que Marcos avait jeté dans la poubelle. Heureusement que celle-ci était dépourvue de couvercle, car il m'aurait paru humiliant de le soulever. Je trouvai là cinq journaux de México datés du jour même.

En me dirigeant vers la station d'autocars, je me demandai quelle raison l'on peut bien avoir d'acheter cinq journaux du même jour. Soit Marcos cherchait du travail, ou une maison, soit il cherchait une information particulière, importante pour lui. En arrivant à la station, je passai au kiosque à journaux et achetai *El Excelsior, El Universal, El Sol de México, La Prensa* et *El Heraldo.* Je les lus dans le car, pendant le retour vers Muérdago, en essayant de découvrir quelle information pouvait à ce point intéresser Marcos. Je laissai de côté les informations internationales, les pages sociales, les éditoriaux... Il ne restait que des articles sur une réunion de banquiers à Acapulco, un fonctionnaire révoqué, accusé du vol de cent dix millions, une femme qui avait poignardé sa domestique, une autre qui torturait son fils et puis, à la page 18 d'*El Excelsior,* un article sur l'arrestation, la veille, de terroristes par la police. Un des fugitifs était surnommé El Negro.

Je découpai l'article avec un petit couteau et, en descendant du car à Muérdago, fis comme Marcos à Cuévano : je jetai les cinq journaux du jour dans une poubelle.

Il était trois heures dix. J'avais faim et je savais que mon épouse m'attendait, mais au lieu d'aller chez moi je me rendis chez Ramón, espérant pouvoir parler avec lui avant sa sieste. Je dois dire qu'à ce moment-là je n'avais pas la moindre idée de ce que j'allais lui dire, mais je ressentais comme une nécessité de lui parler de Marcos. Quand nous nous enfermâmes dans son bureau, il m'étonna en me disant :

– Tu n'as pas l'impression que Marcos se paie notre tête, avec cette mine de glucinium?

– Qu'est-ce qui te fait dire ça?

– Ce matin, j'ai découvert que Marcos n'avait que soixante et un pesos en poche.

– Et alors?

145

– Comment ça, et alors? S'il me propose une affaire qui se chiffre en millions, si j'accepte de lui confier un travail dont les honoraires s'élèveront à cinquante mille pesos, alors qu'il ne dispose que de soixante et un pesos, normalement il aurait dû me dire : « Mon oncle, avance-moi cinq mille pesos, je n'ai même pas de quoi payer l'essence. » S'il ne me l'a pas demandé, c'est qu'il ne voulait pas attirer mon attention, de peur que je ne découvre qu'il est de mauvaise foi, qu'il y a quelque chose de pas clair dans sa proposition.

J'étais venu voir Ramón pour le mettre sur ses gardes, pourtant les soupçons qu'il exprimait lui-même me parurent injustes.

– C'est peut-être par simple timidité qu'il n'a pas osé te demander de l'argent?

Il semblait aussi perplexe que moi, au sujet de Marcos.

– Bien sûr, oui, c'est peut-être par timidité. C'est ce que je me suis dit ce matin, et du coup je lui ai donné mille pesos.

– Tu lui as donné mille pesos?

– Que je ne reverrai pas. Non seulement je lui ai donné mille pesos mais je lui ai fait prêter la Safari par Fernando.

– Et maintenant tu penses qu'on ne le reverra plus...

– J'en suis convaincu. J'ai été stupide, il aurait mieux valu qu'il embarque la Galaxie d'Alfonso, qui vaut plus cher et qui a l'énorme avantage de ne pas m'appartenir. Je me demande bien pourquoi, à mon âge, je me montre si généreux.

– Marcos n'est pas allé bien loin, pour un homme en fuite. Je viens de le voir à Cuévano.

Manifestement, cette nouvelle le rassura. Il conclut cependant :

– Je te parie mille pesos que je ne reverrai ni les autres mille pesos, ni Marcos, ni la Safari.

Convaincu qu'il le perdrait, j'acceptai le pari. Je ne lui rapportai pas que j'avais vu Marcos jeter des journaux à la poubelle, mais lui demandai :

– Comment ses cousins surnomment-ils Marcos? El Negro, n'est-ce pas?

– Ses cousins, comme tous ceux qui l'ont connu, le surnomment El Negro, tout simplement parce qu'il est très brun.

Je pris congé et allais sortir, quand Ramón me demanda :

– Va dire à Zenaida que, si Marcos revient à la maison, elle lui donne tout ce qu'il voudra à manger et à boire.

Cet après-midi-là, Zenaida passa à la pharmacie avec un des petits papiers pliés dont Ramón se servait pour communiquer avec moi. Il n'utilisait plus le téléphone depuis qu'Amalia et Lucero s'étaient installées chez lui. Il était convaincu qu'Amalia écoutait ses conversations sur le poste installé dans sa chambre.

Le message était le suivant :

« L'oisillon est rentré et a amené les échantillons. Viens chez moi avec ton encyclopédie, pour vérifier si ces pierres sont réellement de la cryolithe. »

Pas plus qu'à l'habitude, Ramón ne me disait « s'il te plaît » et, comme à l'habitude aussi, j'obéis immédiatement. Je laissai la pharmacie aux soins de mon employée et, prenant sous le bras les deux tomes de l'*Enciclopedia de las ciencias y las artes,* je me rendis chez mon ami. Je le trouvai en train d'examiner les pierres posées sur l'écritoire.

– Ferme la porte, dit-il.

Je fermai la porte.

– Cherche le mot cryolithe. Je te parie cent pesos que ces pierres ne sont pas de la cryolithe.

J'ouvris le premier tome, trouvai le mot « cryolithe », regardai l'illustration, la comparai avec les pierres qui se trouvaient sur l'écritoire et lui dis :

– Tu me dois mille cent pesos.

– Pourquoi mille cent?

– Parce que Marcos est rentré, et parce que ces pierres sont bel et bien de la cryolithe.

– Un instant! Marcos est rentré et a ramené la Safari, mais je n'ai pas revu les mille pesos que je lui ai donnés ce matin. Je n'ai donc ni gagné ni perdu. Cela dit, il est vrai que ces pierres ressemblent à l'illustration.

Il sortit cent pesos et me les tendit. C'était la première fois que je le voyais s'acquitter d'un pari. Je compris qu'il était heureux que Marcos soit revenu.

– Je veux que tu ailles demain à Cuévano, pour porter ces échantillons au laboratoire et nous assurer que leur teneur est aussi bonne que le dit ce garçon.

Cela m'ennuyait de retourner à Cuévano le lendemain, mais je promis à Ramón de lui faire cette faveur, tant je le voyais intéressé par cette mine et plein d'enthousiasme. Il me confessa :

– J'ai commis une autre bêtise.

– Qu'est-ce que c'est, encore?

– Cette fois, j'ai donné à Marcos neuf mille pesos.

– Mais ce n'était pas stipulé dans le contrat!

– Je sais. Mais attends, je n'ai pas fini : non seulement je lui ai donné neuf mille pesos sans que rien ne m'y oblige, mais de plus je lui ai dit qu'il pouvait utiliser la Safari autant qu'il voudrait; pire encore, je lui ai promis de lui faire une lettre pour l'ingénieur Requena, lui demandant de nous prêter le matériel topographique dont Marcos dit avoir besoin. C'est-à-dire que s'il disparaît demain, bien qu'il soit revenu aujourd'hui, j'aurai perdu dix mille pesos, une voiture en bon état et des appareils topographiques qui valent une fortune.

– Si tu as aussi peu confiance en lui, pourquoi fais-tu tout cela?

Il me répondit, sans me regarder en face :

– Je crois que c'est parce qu'il me rappelle Leonor.

Je ne pus rien lui répondre, car je ressentais la même faiblesse à l'égard de Marcos. Ramón ajouta, à ce moment-là :

– Demain je vais faire mon testament.

– Tu as raison de le faire pendant que tu es sain d'esprit.

J'attendis en vain qu'il me révèle quel serait le contenu de ce testament, mais il resta silencieux. Je me levai du fauteuil et remis les pierres dans le sac.

– Il faut que je retourne à la pharmacie.

Il me dit au revoir sans ajouter un mot.

Je retournai le jour suivant à Cuévano pour aller voir Carlitos Inastrillas, un de mes camarades de classe, devenu directeur du Service des Mines. Je le trouvai en très mauvaise santé, mais il me reçut aimablement, me demandant par quel miracle je me trouvais dans son bureau.

– Je voudrais que tu me confirmes s'il existe bien dans cet État une mine du nom de Covadonga.

Carlitos fit appeler le responsable des archives. Jamais aucune bureaucratie ne m'avait fourni un service aussi rapide et efficace. L'archiviste nous dit que la Covadonga existait effectivement et qu'il avait délivré le jour même un « certificat de non-enregistrement » la concernant.

– Le certificat de non-enregistrement, m'expliqua Carlitos, pendant que le chef archiviste partait chercher le dossier, établit que la mine ne fait l'objet d'aucune concession, ou bien que la précédente est arrivée à son terme et qu'on peut en reprendre l'exploitation.

Quand il eut le dossier en main et que l'archiviste se retira à nouveau, il lut :

— La Covadonga est située dans la commune de Las Tuzas, sur les terrains de l'ancienne hacienda du Calderón...

De tout ce qu'il aurait pu me dire, rien n'aurait pu être plus rassurant : non seulement la Covadonga existait, mais elle se trouvait sur des terrains proches du lieu où était né Marcos et où il avait vécu avec sa famille. De plus, Marcos avait réellement effectué la démarche pour obtenir le « certificat de non-enregistrement », ainsi qu'il l'avait promis.

— Elle avait été exploitée, lut encore Carlitos, pour l'extraction de minéraux de manganèse.

Si, à ce moment-là, j'avais prononcé le mot « cryolithe », Carlitos m'aurait expliqué qu'on ne trouve jamais du glucinium et du manganèse au même endroit. Mais je ne parlai pas de la cryolithe et, quand j'appris cette particularité géologique, il était déjà trop tard.

Les résultats du contrôle des échantillons que j'apportai ce matin-là étaient satisfaisants. Une des pierres avait une teneur de douze pour cent et les quatre autres de onze pour cent : l'un et l'autre supérieurs aux huit pour cent que Marcos avait calculés au départ. Je pris l'enveloppe contenant ces résultats et j'allais sortir mon portefeuille pour payer, quand le laborantin me dit :

— La prochaine fois que vous ferez analyser des minerais de deux gisements différents, je vous recommande de séparer les échantillons, pour éviter toute confusion.

150

Je ne compris pas bien de quoi il parlait au juste, mais il poursuivit :

— En l'occurrence, ce n'est pas très grave, parce que les deux mines présentent des titres pratiquement identiques, mais c'est un cas peu courant.

Je feignis de compter et recompter l'argent, puis lui demandai :

— Ainsi, vous êtes capable de distinguer d'un simple coup d'œil si des minerais proviennent de deux mines différentes ?

— Non, pas à l'œil nu, mais l'observation de ces échantillons au microscope ne m'a laissé aucun doute : ils présentent des cristallisations très différentes.

En ressortant de l'Université, je restai planté dans la Calle del Sol, regardant sans les voir les gens qui allaient et venaient. J'étais sûr que je n'avais jamais entendu Marcos parler au pluriel : il n'avait pas dit « les mines » ni « les gisements de cryolithe ». Pourquoi, en ce cas, les échantillons qu'il avait apportés à Ramón provenaient-ils de deux gisements différents ? Ce manque de précision était-il un nouvel indice de mauvaise foi ?

Quand j'allai revoir Ramón, je ne lui fis part que des bonnes nouvelles : la Covadonga existait, elle était située au Calderón, les résultats de l'analyse étaient plus que satisfaisants. Il était content que Marcos soit revenu et mon compte rendu le mit de bonne humeur.

— Je commence à croire que Marcos est honnête. Je deviens peut-être gâteux ?

Je fus sur le point de lui dire que Marcos achetait cinq journaux chaque jour et qu'après les avoir lus il les jetait à la poubelle, qu'un individu surnommé El Negro était en fuite, que les échantillons que j'avais fait analyser provenaient de deux mines différentes, etc., mais je trouvai plus simple de me taire et c'est ce que je fis.

Le jour suivant, j'étais assis sur un banc de la Plaza de Armas quand Paco, celui du Casino, s'approcha de moi pour me dire :

– Je parie mille pesos que le nouveau neveu qui vient d'arriver de México sera l'héritier universel de Ramón.

Deux cireurs de bottes, ainsi que des jeunes filles assises sur un banc tout proche, nous entendirent.

– Ne parle pas si fort! Et, en principe, le testament qu'a fait Ramón est secret.

– Je n'ai rien affirmé, je te propose un pari. Tu le prends ou non?

J'allai voir Ramón et l'informai des paris de Paco.

– Il n'aurait pas vu ce que tu as écrit, par hasard?

Ramón éclata de rire, mais ne me révéla pas pour autant le contenu du testament. Cette réserve me blessa à tel point que je restai plusieurs jours sans lui rendre visite. Par contre, j'eus des nouvelles de la famille. Le lundi au dîner, Jacinta me dit :

– Zenaida a parlé de l'arrivée de la femme de Marcos.

– Quelle femme de Marcos? Il n'est pas marié!

– Zenaida m'a dit qu'elle était jeune, très grande, avec des yeux noirs.

J'eus le sentiment que Marcos avait passé les bornes et décidai qu'il n'était vraiment pas digne de confiance.

Le soir suivant, Jacinta me répéta :

– Zenaida m'a dit que Marcos et sa femme sont allés vivre dans une mine.

Le jeudi après-midi, Zenaida vint porter à la pharmacie un nouveau petit papier plié de Ramón, où il disait : « Viens me voir immédiatement. » Je me sentais offensé par Ramón, aussi laissai-je passer un peu de temps et ne me présentai-je qu'une demi-heure plus tard.

152

– Pourquoi as-tu tant tardé? me demanda-t-il quand je le rencontrai dans le corridor.

Il était aussi agité que peut l'être un paralytique.

– Je pensais que tu devais faire la sieste, dis-je en guise d'excuse.

– Comment veux-tu que je fasse la sieste, alors que j'attends Marcos depuis ce matin?

Il m'expliqua que Marcos avait promis de lui apporter dans la matinée l'étude de coûts et rendements.

– J'étais prêt à lui remettre le chèque de quarante mille pesos, et il n'est pas venu.

– Il peut encore arriver.

– Je ne crois pas. Je crois que quand il est parti vivre à la mine avec sa femme, c'est du moins ce qu'il a dit, il n'avait pas l'intention de revenir. C'est de la bêtise, car s'il était resté six mois de plus par ici j'en aurais fait un homme riche, peut-être un millionnaire. Mais tout ce qu'il voulait, c'était me voler une voiture et dix mille pesos.

Tout en me disant que Ramón avait sans doute raison, que Marcos avait disparu et que nous ne le reverrions plus, j'essayai de le convaincre que peut-être Marcos avait pris du retard dans son travail, ou qu'il avait rencontré un contretemps en chemin. Il restait inquiet et je finis par lui dire :

– Je te promets de partir demain à la recherche de Marcos, je le trouverai et te le ramènerai.

Il était sept heures du soir quand je pris congé de Ramón.

Je décidai qu'il fallait agir très tôt : la voiture de location passa me chercher à six heures du matin, et à six heures et demie nous étions devant le panneau indiquant « Hôtel et bains El Calderón, 10 km ». Peu après,

153

le chauffeur dut s'arrêter pour laisser un troupeau d'ânes traverser la cluse. Je baissai la glace de la portière et demandai au muletier :

– Est-ce qu'il y a une ancienne mine par ici?

– Continuez tout droit jusqu'au bourbier, puis prenez le chemin qui va vers le levant.

Nous suivîmes ces indications et parvînmes à un endroit où se trouvait en effet une vieille mine. Il m'arriva la même chose qui m'était arrivée plusieurs fois ces derniers jours : je savais bien qu'il devait y avoir une vieille mine près du Calderón, mais ce fut seulement en la voyant que je fus persuadé que Marcos avait dit la vérité. C'était de la sottise, bien sûr, mais c'est ce que je ressentais.

Je descendis de la voiture, m'avançai et vis une maison en ruine. Marcos n'habite sûrement pas ici, pensai-je, surtout avec son épouse. Les toitures étaient effondrées, mais quelqu'un avait installé un rang de pierres au bord d'une fenêtre. On voyait par terre des déchets laissés par de pauvres gens : épluchures de cacahuètes, bagasses de canne à sucre. Je retournai à la voiture et dis au chauffeur :

– Emmène-moi à l'hôtel.

Depuis la dernière fois où je m'y étais rendu, quarante ans auparavant, l'hôtel avait beaucoup changé. Il y avait même une enseigne indiquant Ladies' bar. Le chauffeur gara la voiture sous des mezquites. Je traversai le porche et le vestibule et arrivai à la réception. Comme il n'y avait personne, j'ouvris tranquillement le registre posé sur le comptoir et le feuilletai pour examiner le répertoire des jours précédents. Le nom de Marcos n'y figurait pas, ce à quoi je m'attendais. Les hôtes les plus récents, inscrits sous le nom de « Angel Valdés et Madame », étaient arrivés à l'hôtel le mardi, c'est-à-dire le jour même où Marcos était parti de Muérdago.

Une porte grinça au bout du couloir et je fus sur le point de fermer le registre. Une femme en pantoufles s'avança lentement vers moi en me regardant avec méfiance.

– Que voulez-vous?

Elle avait remarqué que le registre était ouvert. Un morceau de tortilla pendait au coin de sa bouche, indiquant que j'avais interrompu son petit déjeuner. Je sortis un billet de vingt pesos de mon portefeuille et le posai sur le comptoir. Quand la femme eut bien posé son regard sur le billet, je lui dis :

– Je cherche certaines personnes et je crois que vous pouvez m'aider à les trouver.

Elle cessa de regarder le billet, regarda le registre, me regarda, regarda de nouveau le billet.

– Je ne sais pas si je pourrai vous aider, monsieur.

– C'est un homme de trente ans qui s'appelle Marcos et qui voyage avec sa femme.

– Je ne le connais pas, monsieur.

– Il est brun, avec des cheveux crépus. On m'a dit que la dame est grande et qu'elle a de très beaux yeux.

– Non, je ne les ai jamais vus.

Je sortis de mon portefeuille un autre billet de vingt pesos et le posai sur le comptoir à côté du premier.

– Il porte un poncho de Santa Marta.

– Ah, maintenant je vois de qui vous parlez! C'est le couple de la 106.

Je lui donnai les deux billets et lui demandai :

– S'il vous plaît, dites à ce monsieur que José Lara le cherche.

– Ce n'est pas possible, monsieur.

155

Je sortis un autre billet de vingt pesos, qu'elle considéra avec tristesse.

– Ils sont partis hier soir.

Je ne la crus pas.

– Vous voulez ces vingt pesos? Je vous les donnerai si vous me démontrez que ces personnes ne sont plus ici. Il est urgent que je les voie.

Elle se rendit à l'autre bout du comptoir, ouvrit un tiroir et me montra la note de la chambre 106. Elle avait été réglée à 20 h 30. Je lui remis le billet que j'avais dans la main.

Il m'en coûta quarante pesos de plus pour visiter la chambre 106, où je ne trouvai rien d'important, et pour examiner les frais divers figurant sur la facture. Deux appels téléphoniques m'intéressèrent : l'un effectué la veille pour appeler chez Ramón, à dix-sept heures trente, c'est-à-dire avant que je ne lui aie rendu visite; l'autre, de la veille aussi, à un numéro de la région de Ticomán. Je dus encore payer vingt pesos pour pouvoir prendre ces deux notes dans mon portefeuille.

– Maintenant, je voudrais une communication avec Muérdago, dis-je à la femme.

Je lui donnai mon nom et le numéro de Ramón.

Ce fut Amalia qui décrocha.

CHAPITRE X

Nous nous étions connus enfants, Ramón et moi, mais c'est au cours de nos études à Cuévano, où nous logions dans la même pension, que nous étions devenus amis. Ramón était alors un jeune homme svelte, qui portait des cols durs et des costumes de cachemire déjà étrennés par son frère, El Guapo, qui en héritait lui-même de son père, Don Enrique, lequel avait à Muérdago la réputation d'être à la fois élégant et économe. Il envoyait chaque lundi un mandat de six pesos à chacun de ses fils, étudiants à Cuévano, pour leurs frais personnels. El Guapo, jeune homme exemplaire, trouvait cette somme suffisante, mais pour Ramón c'était une misère. Il mit au point un commerce qui avait l'avantage de ne nécessiter ni génie, ni effort, ni capital. Utilisant son père comme garant – à l'insu de celui-ci –, il ouvrit un local appelé « le dépôt » puis, sans rien de plus que des promesses, il y fit venir un fort honnête homme en tant qu'administrateur. Lui-même n'était dans cette affaire que « commissionnaire ». Il acceptait dans « le dépôt » tout ce qui ne risquait pas de pourrir et dont quiconque pouvait avoir besoin : du charbon, du bois, des bougies de paraffine... Il s'y rendait tous les jours, à seule fin de répartir les ristournes avec l'administrateur.

Nous passâmes très confortablement ces années d'études, Ramón à l'aide de son « dépôt » et moi grâce à sa générosité. En semaine, après les cours, nous nous retrouvions avec d'autres camarades à El Aula, un bar situé dans la Calle del Sol, face à l'Université. Chaque fois que Ramón payait une tournée, il récupérait ensuite l'argent en jouant au perico. Le soir nous jouions au billard, et le samedi nous ne manquions jamais notre visite chez Doña Aurelia, dans le Callejón de las Malaquitas, la seule maison close un peu décente de Cuévano. Le dimanche, en revanche, nous nous rendions à la messe de onze heures à l'église paroissiale, avant d'aller jouer au tennis chez le docteur Miranda, qui ensuite nous invitait à déjeuner. Les trois demoiselles Miranda tombèrent amoureuses de Ramón et lui, le temps aidant, devint le fiancé de l'aînée, Margarita.

Nous étions censés étudier le droit, mais nous fréquentions bien peu les cours. Nous préférions, outre les loisirs déjà mentionnés, aller nager au barrage des Tepozanes, toréer les vaches dans l'enclos d'El Palito ou, tout simplement, rester assis dans les jardins de la Plaza de la Constitución, à regarder les gens passer. C'est là que nous nous trouvions le jour où El Guapo s'approcha de nous et dit à Ramón :

– Tu as traîné l'honneur de la famille dans la boue.

Ramón éclata de rire quand il comprit que son frère parlait tout simplement de son absentéisme aux cours de Droit romain.

Comme il fallait s'y attendre, en troisième année nous fûmes recalés et nous retournâmes dans notre ville natale : Muérdago. Ramón alla administrer l'hacienda de la Mancuerna, qui appartenait à son père, et moi travailler à la pharmacie La Fe, que tenait ma mère. Nous continuions à nous voir chaque jour, Ramón et moi, bien

158

qu'ayant moins de temps libre que pendant nos études. Nous devînmes membres du Casino, où nous jouions au billard chaque après-midi. Tous les samedis, à cinq heures pile, nous prenions le train pour Cuévano, où dès notre arrivée nous nous installions à l'hôtel Palacios. Nous passions ensuite une bonne partie de la nuit chez Doña Aurelia, dans le Callejón de las Malaquitas, et le dimanche nous allions entendre la messe de onze heures puis jouer au tennis chez les Miranda, où le docteur nous invitait à déjeuner. Dimanche après dimanche, Margarita réalisait des prouesses culinaires et, dimanche après dimanche, Ramón me confiait, dans le train qui nous ramenait à Muérdago, tout en regardant par la fenêtre les collines illuminées par le coucher de soleil :

– J'aime beaucoup Margarita et je l'épouserai, mais pas tout de suite.

Trois années s'écoulèrent.

Un certain samedi soir, Doña Aurelia nous reçut avec enthousiasme :

– J'ai quelque chose pour vous, je ne vous raconte pas!

Nous voulûmes en savoir plus et elle nous expliqua :

– C'est une jeune fille qui arrive tout juste de la tierra caliente.

Nous accueillîmes cette nouvelle avec réserve, car Doña Aurelia nous avait déjà présenté un certain nombre d'épouvantails. Mais, cette nuit-là, quand elle ouvrit le rideau de perles donnant sur le salon, elle fit entrer une femme grande et bien faite, dont on devinait toute l'élégance malgré la robe qu'elle portait. C'était une métisse aux yeux couleur de miel. Elle s'assit à notre table, où se trouvait aussi Doña Aurelia. Elle parla peu, gardant les yeux baissés, et nous expliqua qu'elle était née à El Calderón, dans un ranch isolé renommé pour ses sources. Doña Aurelia entretint la conversation, jus-

159

qu'au moment où Ramón l'interrompit pour me demander :

– C'est toi qui montes avec elle, ou bien moi?

Nous jouâmes immédiatement « Estela » au sort et ce fut Ramón qui gagna.

En sortant de chez Doña Aurelia, je rentrai à l'hôtel et me couchai. Quand je me réveillai, à l'aube, Ramón était assis sur son lit et ôtait ses chaussures. Me voyant réveillé, il me dit :

– Elle est très sympathique.

Le dimanche commença comme d'habitude : messe, tennis, déjeuner chez le docteur Miranda, prouesses culinaires de Margarita, etc. Mais, tandis que nous nous dirigions vers la gare, portant nos bagages, Ramón s'arrêta subitement :

– Veux-tu me rendre un service? Passe chez moi quand tu arriveras à Muérdago et dis à ma mère qu'un de nos camarades de collège est décédé et que j'ai dû rester à la veillée mortuaire. Assure-la que je rentrerai demain par le train de huit heures.

J'acceptai de faire la commission. Ramón m'accompagna à la gare et, avant de nous séparer, nous inventâmes le nom du mort : Gabriel Gonzaga. Ramón courait presque en traversant la petite place, devant la gare. À la direction qu'il prit, je compris qu'il allait tout droit au Callejón de las Malaquitas.

Ainsi commença l'époque la plus agitée de la vie de Ramón. En plus de nos voyages du samedi, il passait deux ou trois nuits par semaine à Cuévano. Il revenait à Muérdago par le train de huit heures et à la gare l'attendait le domestique, avec les chevaux, pour retourner à la Mancuerna. Ce manège ne passa pas inaperçu et des rumeurs coururent, qui parvinrent sans doute aux oreilles du docteur Miranda : vint un dimanche où il ne nous invita pas à rester déjeuner. Margarita fut sur le point de s'évanouir. Nous prîmes congé courtoisement et allâmes déjeuner à l'hôtel Palacios. Nous ne dîmes pas un mot jusqu'à ce qu'on nous apporte le dessert habituel : ate de queso. Ramón me dit alors :

– Je sais ce que je vais faire : je vais l'amener vivre à Muérdago.

– Margarita ?

– Non, Leonor.

– Qui est Leonor ?

– Estela. Elle s'appelle Leonor Alcantara.

– Tu vas te marier avec elle ?

– Non. Je me marierai avec Margarita.

Les jours suivants, je l'aidai à chercher une maison à Muérdago. Nous en trouvâmes une qui lui convenait, près de la briqueterie, dans le quartier de San José.

– Cette route s'inonde par temps de pluie, lui signalai-je.

– C'est vrai. Mais je ne suis pas connu dans ce quartier, c'est l'essentiel.

Il acheta la maison, la fit repeindre et fit installer l'eau courante ainsi que des W.-C. Je lui demandai pourquoi il ne faisait pas mettre aussi un chauffe-eau et une baignoire.

– Ce seraient des frais inutiles. Je continuerai à vivre chez moi, et Leonor a l'habitude de se baigner dans un baquet.

Du jour où Leonor vint vivre à Muérdago, les déplacements de Ramón à Cuévano s'espacèrent sensiblement. Un jour, Ramón m'expliqua :

– J'aime beaucoup Margarita, un jour je me marierai avec elle. Si je vais moins souvent à Cuévano, c'est qu'il y a un trou sur le court de tennis.

J'étais présent le jour où ils rompirent leurs fiançailles.

Après plusieurs semaines passées sans retourner à Cuévano, nous fîmes un effort pour y aller, un dimanche matin. À notre entrée dans l'église pour la messe de onze heures, nous aperçûmes, assis sur un banc, un ingénieur des mines, veuf et père de trois enfants, en train de lire le missel que tenait Margarita Miranda. Ramón se tourna vers moi et déclara :

– Franchement, je ne vois pas de raison de rester écouter le sermon.

Nous sortîmes de l'église pendant l'offertoire. On ne nous revit jamais plus jouer au tennis avec les Miranda, et pas davantage à la messe.

Quand Don Enrique mourut, il laissa en héritage au Guapo, marié et père de famille, la maison de la Calle de la Sonaja. Ramón dut aller vivre avec Leonor dans la petite maison du quartier de San José, qui était inondée au mois d'août. Il y resta plusieurs années et un jour il me dit :

– En un sens, ma vie est un échec. J'ai atteint l'âge du Christ et je n'ai même pas de baignoire.

Il lui fallait traverser Muérdago pour aller au Casino, qui disposait d'un sauna.

Ramón ne prononçait jamais le prénom de Leonor et, quand il parlait d'elle, c'était de la manière la plus indirecte possible. Par exemple :

– À la maison, on repasse assez bien les chemises.

Ou encore :

– Elles ne savent pas cuire les spaghettis.

Un jour où nous étions à Pedrones, il me fit choisir un parfum très subtil – « Tu dois t'y connaître, puisque tu es pharmacien » –, sans me dire pour qui c'était. Je découvris ensuite dans le calendrier de Galván que le lendemain tombait la sainte Leonor.

Je crois bien qu'au cours des quinze premières années où Leonor vécut à Muérdago, je ne la vis que trois fois. Une fois ce fut dans la côte du Tecolote. Il y avait là un étal de figues de Barbarie et elle se penchait dessus pour choisir les meilleures. Moi-même je montais la petite rue et j'admirais ses formes, avant de me rendre compte qu'il s'agissait de Leonor. Je dus rougir, car elle rit en me voyant. Elle me dit : « Bonjour, Pepe », en passant près de moi avec son panier.

Une autre fois, j'avais à faire signer d'urgence des documents juridiques à Ramón et il me fallut aller le trouver dans sa maison du quartier de San José, à une heure où je savais qu'il serait avec Leonor. Celle-ci vint m'ouvrir, apparemment heureuse de me voir.

– Entre donc!

Elle me tutoyait, parce que nous nous étions déjà tutoyés le jour de notre rencontre chez Doña Aurelia. Elle me fit entrer dans le salon et alla prévenir Ramón qui arriva peu après, l'air très sérieux, en manches de chemise.

Pendant notre conversation, Leonor apporta un plat recouvert d'une serviette immaculée, une bouteille de mezcal, deux verres et des sandwichs de langouste d'importation. Ramón et moi bûmes et mangeâmes, feignant d'être très absorbés par notre affaire, exactement comme si nous avions été servis par le garçon du Casino et comme si nous avions l'habitude de manger de la langouste tous les jours.

La troisième fois que je la vis fut un matin où elle entra dans la pharmacie et, sans dire bonjour, déclara :

– Ramón est très malade.

– Qu'est-ce qu'il a?

– Une douleur ici, répondit-elle en posant la main sur son ventre.

Nous nous rendîmes, avec Canalejas, à la petite maison du quartier de San José. Canalejas examina Ramón et diagnostiqua une appendicite aiguë. Nous emmenâmes Ramón à Pedrones, où se trouvait alors le seul hôpital moderne de l'État du Bas. Comme Ramón s'était déclaré célibataire en remplissant la feuille d'admission, la religieuse qui s'occupait de l'administration interdit à Leonor de lui rendre visite. Face à ces difficultés, Ramón prit sa décision :

– Ça ne peut pas continuer comme ça. On se marie!

Ils se marièrent dans un couloir, près de la salle d'opération. Canalejas et moi fûmes témoins pour le mariage civil et parrains pour le mariage religieux. L'opération réussit parfaitement et, durant sa convalescence, Ramón reçut des religieuses toutes les attentions dues à un patient riche et à un pécheur repenti. Quand il fut rétabli, tous deux retournèrent à leur maison du quartier San José et continuèrent de vivre comme auparavant.

– Je ne sais pas pourquoi, m'avoua un jour Ramón, mais je me sens plus honteux dans le mariage que dans le concubinage.

Quand la réforme agraire fut mise en œuvre dans l'État du Bas, Ramón proposa au Guapo de lui racheter sa part de la Mancuerna. El Guapo la lui vendit vingt-trois mille pesos, croyant faire ainsi une bonne affaire. Mais les années passèrent et la Mancuerna ne fut pas morcelée. El Guapo prit la chose fort mal et accusa son frère d'avoir passé un accord avec le gouvernement, afin de lui racheter son patrimoine pour une bouchée de pain. Cette rancœur, s'ajoutant à la vie irréprochable qu'il menait – c'était un des hommes les plus hypocrites que j'aie jamais connus –, le mena à un décès prématuré.

Chose étonnante chez quelqu'un qui n'avait jamais bu d'alcool de sa vie, il mourut, selon le diagnostic de Canalejas, d'une cirrhose du foie. Et lui qui avait été si minutieux dans ses dépenses, à en friser l'avarice, ne laissa que des dettes. Ramón aida sa famille en rachetant pour quinze mille pesos la maison de la Calle de la Sonaja. Il leur paya le déménagement pour qu'ils partent au plus tôt et s'y installa lui-même avec Leonor, celle que les bien-pensants de Muérdago appelaient « la femme que Ramón allait voir dans le quartier de San José ». Zenaida travaillait déjà chez eux.

Ramón fit disparaître toute trace de la famille du Guapo – il fit même un feu d'une image pieuse et de rideaux mauves – et remit la maison dans le même état que du vivant de ses parents. Ceux qui s'attendaient à ce que Ramón offre une fête pour présenter son épouse à la bonne société de Muérdago en furent pour leurs frais. Les seuls invités furent Canalejas, Zorrilla et moi. Le repas était délicieux, et Leonor n'entra dans la salle à manger que pour veiller au service.

Un jour que nous nous trouvions sur la Plaza de Armas, nous vîmes passer Margarita Miranda avec son mari et ses beaux-enfants. Ramón me confia :

– Je dois une fière chandelle à Doña Aurelia de m'avoir préservé de ce destin.

Il fut heureux jusqu'au jour où Leonor, qui était en train de poser une nappe sur la table, tomba raide morte, elle qui semble-t-il ne s'était jamais plainte de la moindre migraine.

CHAPITRE XI

— Je servais le chocolat à mon oncle dans la salle à manger, racontait Amalia, quand j'ai entendu de grands coups de heurtoir.

Amalia, qui avait grossi depuis le récent deuil, portait une robe noire trop étroite. Je la regardai avec étonnement, car je ne l'avais jamais vue sans maquillage. Ses yeux, dépourvus de tout artifice, semblaient gonflés et rougis comme si elle avait pleuré la mort de Ramón, ce qui était improbable. Assis sur les chaises inconfortables du séjour, nous l'écoutions nous raconter, à moi et aux derniers arrivants, les dernières heures de Ramón Tarragona, dont le cadavre avait été enseveli par plusieurs femmes dont mon épouse et Zenaida. Elles avaient installé son corps dans sa chambre, en attendant la mise en bière. Alfonso, n'ayant pas trouvé à Muérdago de cercueil qui lui parût suffisamment élégant pour contenir les restes de Ramón, avait téléphoné à Pedrones et commandé le plus cher. La pièce était plongée dans l'obscurité et, comme on ne l'aérait que rarement, elle sentait le moisi.

Amalia poursuivait son récit :

— « J'espère qu'il s'agit de Marcos », je me suis dit, parce que je savais que mon oncle l'avait attendu anxieu-

166

sement toute la journée. Comme Zenaida était sortie faire une course, j'ai dit à mon oncle : « Je vais voir qui c'est. » Je suis sortie dans le couloir et j'ai vu que Lucero m'avait devancée. Elle avait ouvert le portail et discutait avec Marcos dans le vestibule. Je lui ai dit : « Dieu soit loué, te voilà! Notre oncle t'attend depuis ce matin. » Marcos portait des rouleaux de plans et beaucoup de papiers. « C'est que je viens juste de terminer le travail », dit-il. Je l'ai tout de suite fait entrer dans la salle à manger. Mon oncle a repoussé son chocolat. Je lui ai demandé : « Mon oncle, termine ton goûter », et il a répondu : « Je m'en fiche bien, de ce goûter! Poussez-moi jusqu'au bureau! » J'ai insisté : « Au moins le verre de lait! » Il a dit : « Amenez-nous la bouteille de cognac. » C'était la coutume : après dîner, mon oncle et Marcos allaient discuter dans le bureau et Lucero ou moi leur apportions une bouteille de cognac pour Marcos et de l'eau minérale pour mon oncle, qui n'avait pas droit aux boissons alcoolisées. Hier soir, l'entêtement de mon oncle à ne pas terminer son goûter m'a mise de mauvaise humeur, alors j'ai préparé leur plateau mais c'est Lucero qui le leur a porté. Marcos a fermé la porte dès qu'elle est ressortie de la pièce et nous nous sommes assises toutes deux dans le corridor, sans parler. Il y avait beaucoup de moucherons. Il devait être dix heures du soir quand Zenaida est rentrée à la maison. Nous avons échangé quelques mots : « Voulez-vous manger? » – « Ma foi oui, réchauffe-nous quelque chose. » Elle nous a préparé des broutilles et nous étions en train de manger quand nous avons entendu la porte du bureau s'ouvrir et se refermer. Marcos s'est arrêté devant la salle à manger et, sans y entrer, nous a souhaité bonne nuit. « Mais comment ça, bonne nuit, tu ne restes pas dîner avec nous? » Je lui ai dit qu'il y avait des lentilles,

167

sachant qu'il les adore. Il a simplement répondu : « Je suis très pressé, impossible de rester même un instant. » Il est entré dans la pièce, nous a embrassées toutes les deux et s'en est allé. Lucero et moi sommes allées au bureau demander à mon oncle s'il voulait manger un peu. Nous l'avons trouvé en train d'écrire. Je lui ai demandé : « Veux-tu manger quelque chose, mon oncle? » – « Rien pour le moment, a-t-il dit, mais j'aurais besoin que Zenaida poste cette lettre dès ce soir, quand je l'aurai terminée. » Lucero et moi sommes retournées dans la salle à manger pour finir notre dîner. Quand mon oncle a crié « Zenaida! », nous sommes allées toutes les trois dans son bureau. L'enveloppe était cachetée et timbrée, mon oncle l'a remise à Zenaida pour qu'elle la mette à la boîte, et je n'ai pas vu à qui elle était adressée. Il lui a donné aussi un petit papier pour qu'elle vous le porte, Don Pepe.

– Je ne l'ai pas reçu.

Amalia continua :

– J'ai demandé à mon oncle : « Et maintenant, tu ne veux pas prendre quelque chose? » – « Non, je veux aller me coucher. » Comme Zenaida était déjà sortie, Lucero et moi avons aidé mon oncle à se coucher. Quand je l'ai vu dans son lit, il m'a paru très fatigué et je lui ai demandé : « Tu te sens bien? » Il a simplement répondu : « J'ai très sommeil. » Nous lui avons souhaité bonne nuit et lui de même. Il a ensuite regardé sa montre en disant : « Il est déjà onze heures vingt. » J'ai éteint la lumière et nous sommes sorties de la chambre. Le lendemain matin, Zenaida avait porté, à sept heures comme d'habitude, la tasse de tisane d'amula que Ramón avait l'habitude de boire avant de se lever. Elle avait frappé plusieurs fois à la porte et, n'obtenant pas de réponse, s'était inquiétée. Finalement, se disant que quelque chose de grave avait dû se produire, elle avait poussé la porte, qui était restée entrouverte, avait pénétré dans la chambre et y avait trouvé Ramón mort, déjà rigide, dans son lit. Canalejas, qui s'attendait depuis longtemps à la mort de Ramón, avait écrit dans l'acte de décès qu'elle était due à un infarctus.

Les fils du Guapo étaient vêtus de noir et leurs épouses pleuraient. El Gringo s'était mis une cravate. Quand Amalia eut terminé son récit, tous s'agenouillèrent pour dire le chapelet. Jamais chapelet ne me parut aussi long : une fois égrenés les cinq mystères, le *Notre-Père,* les trois *Ave Maria* et le *Salve Regina,* Amalia ajouta encore un *De Profundis,* une prière spéciale pour les personnes décédées dans leur sommeil, encore une autre pour que la Vierge intercède en faveur de ceux qui n'ont pas été absous, puis nous récitâmes une litanie répétée – je suis certain d'avoir entendu dire trois fois *Virgo veneranda.* À ce moment-là, je sentis une main sur mon épaule. C'était Canalejas, qui se trouvait à mes côtés. Il me fit signe de le suivre. Je me relevai avec difficulté, parce que je n'ai guère l'habitude de m'agenouiller, et sortis de la pièce derrière lui. Sur le seuil, il me dit à voix basse :

– Je veux que tu voies le corps et que tu me dises ton opinion.

Nous étions dans le corridor quand je vis Lucero et Zenaida qui traversaient la cour. Lucero portait une cafetière et Zenaida, qui s'était mis une mantille en signe de deuil, un plateau avec des tasses. Quand elle m'aperçut, Lucero se dirigea vers moi et posa la cafetière sur une table; nous nous prîmes dans les bras. Elle se mit à pleurer puis se dégagea, sécha ses larmes avec le mouchoir que je lui tendais et me sourit. Ensuite elle repartit vers le séjour avec la cafetière. Canalejas m'attendait au seuil de la chambre de Ramón et nous y entrâmes ensemble.

Ramón était allongé sur son lit, dans son linceul; sa peau avait viré au blanc de plomb, une dent faisait saillie hors de ses lèvres; ses poils de barbe, que personne n'avait rasés, dessinaient une auréole argentée autour de son visage. Je remarquai aussi de petits points bleutés au bas de sa lèvre inférieure. C'est le symptôme classique de la mort par absorption de doses trop fortes d'agua zafia.

Le nom scientifique de la zafia est *Arándula vertiginosa*. C'est une plante à racine blanchâtre, comme un navet, avec des feuilles foncées, ondulantes, qui s'étalent en cercle sur le sol, et des fleurs de couleur pourpre, ainsi que le fruit, de même taille et de même forme que le capuli. L'ensemble de la plante exhale une odeur fétide. On l'appelle également nenepixtle. Elle pousse dans des endroits sombres, au bord des ruisseaux.

Le fruit de la zafia, après avoir été dénoyauté et séché au soleil, se moud dans un mortier jusqu'à l'obtention d'une poudre fine que l'on mélange à parts égales avec une solution à dix pour cent d'acide trémique. Le produit que l'on obtient ainsi est appelé agua zafia; c'est un des médicaments les plus capricieux, les plus efficaces et les plus délicats à utiliser que l'on connaisse. Une goutte d'agua zafia dissoute dans un demi-verre d'eau et absorbée après le repas évite les aigreurs d'estomac, deux gouttes prises à onze heures du matin stimulent l'appétit, cinq gouttes font un remarquable aphrodisiaque, dix gouttes chaque jour constituent un excellent tonique cardiaque, qui allonge la durée de vie, tandis que trente gouttes avalées d'un coup la mettent au contraire en péril et que deux cuillerées à soupe donneraient la mort

170

à n'importe qui. Une autre caractéristique importante de cette potion est qu'elle ne provoque pas d'accoutumance, de sorte que l'on peut cesser d'en prendre à n'importe quel moment sans en souffrir. Mais, de ce fait, même si on en a longtemps absorbé en petites quantités, on n'en est pas pour autant immunisé contre les effets d'une dose excessive.

Canalejas et moi nous regardâmes longuement, en silence, avant d'échanger des reproches.

— C'est de ta faute, dis-je.

— Non, c'est de la tienne.

— C'est toi qui as prescrit l'agua zafia à Ramón.

— Évidemment, que je la lui ai prescrite. Cela lui faisait beaucoup de bien. Mais c'est toi qui la lui préparais. Tu ne te serais pas trompé dans le dosage, des fois?

— Je ne me trompe jamais dans mes dosages, encore moins quand la drogue est destinée à mon meilleur ami.

— Mais tu savais que c'était un médicament dangereux, pour lequel le dosage est extrêmement important.

— Bien sûr que je le savais, c'est même pour cette raison que j'ai gardé à la pharmacie les ordonnances que tu as signées.

— Pepe, tu sais parfaitement que tu es le seul pharmacien de Muérdago à savoir préparer l'agua zafia. Les autres ne sont que des herboristes.

— Je sais aussi que tu es le seul médecin à en prescrire, les autres sont des sorciers.

— Tout à fait. Aussi, nous voilà tous deux dans de beaux draps : Ramón est mort et tout semble indiquer que c'est par notre faute. Je voudrais bien que tu me dises ce que nous devons faire maintenant.

— Je ne peux rien te dire, répondis-je. Depuis que nous

171

sommes entrés dans cette pièce, tu n'as fait que me casser les oreilles, je n'ai pas pu réfléchir un instant.

Heureusement, cette réflexion le fit taire; nous contemplâmes en silence les points bleutés, de plus en plus visibles à chaque instant, au bas de la lèvre inférieure de Ramón.

– J'ai préparé le dernier flacon d'agua zafia mardi, dis-je enfin. Autrement dit, il ne devrait y manquer que deux doses, c'est-à-dire vingt gouttes, elle doit donc être pratiquement pleine.

Enfin j'avais tiré une déduction.

Canalejas et moi, sortis de la chambre, parcourûmes tout le corridor en nous tenant par le bras, manière de compenser le début de querelle que nous venions d'avoir. Les couronnes de fleurs commençaient à arriver, ainsi que diverses personnes éplorées, celles-là mêmes que Ramón n'aurait jamais souhaité voir. Dans la salle de séjour, nous fîmes signe à Amalia, le plus discrètement possible, et Canalejas lui dit :

– Écoute-moi, Amalia : Ramón prenait un médicament tous les matins. Te rappelles-tu où il le rangeait?

– Bien sûr que je m'en souviens, vu que c'est moi qui le lui donnais.

Elle nous emmena au bureau et ouvrit l'abattant de l'écritoire, puis un des petits tiroirs intérieurs d'où elle sortit le flacon bleu d'agua zafia. Elle le regarda avec stupéfaction :

– Hier matin, il était pratiquement plein!

Comme on pouvait s'y attendre, le flacon était vide. Mais j'observai aussi autre chose, qui me surprit et me parut plus inquiétant : dans le tiroir qu'Amalia venait d'ouvrir se trouvaient des photos et l'une d'entre elles, celle du dessus, était dédicacée « À Estela ».

Entre-temps Amalia, sans l'aide de personne, avait elle aussi procédé à certaines déductions.

– Vous croyez que mon oncle...? ... aurait été capable...? Non! Que, quand il a écrit la lettre, il ait absorbé le médicament...? Non, ce n'est pas possible. Il était heureux, il n'a pas pu s'ôter la vie de sa propre volonté.

– Non, Amalia, lui dis-je. Il ne faut pas tirer de conclusion précipitée. Nous savons qu'hier cette bouteille était presque pleine et qu'elle est vide aujourd'hui. Maintenant, nous allons réfléchir calmement à ce que cela peut signifier.

– En attendant, pourquoi ne vas-tu pas dire un autre chapelet? lui suggéra Canalejas.

Amalia, tout à fait déconcertée, sortit du bureau en trébuchant contre les meubles. Un instant plus tard, nous l'entendîmes réciter, d'une voix parfaitement sereine :

« Au nom du Père, du Fils et du Saint-Esprit », etc.

– Crois-tu que Ramón se soit suicidé? me demanda Canalejas.

– Nous ne pourrons rien en savoir tant que nous ne connaîtrons pas le contenu de la lettre qu'il a écrite.

– Il faut que je le sache au plus tôt. Sur l'acte de décès, j'ai porté que Ramón était mort de mort naturelle. Crois-tu que je doive me rétracter et demander une autopsie?

C'était une décision difficile à prendre. Après tout, si en effet Ramón s'était suicidé, il était inutile de le chanter sur les toits et d'en faire un scandale. Il y avait plus d'une raison pour le laisser enterrer comme s'il était mort de mort naturelle.

– Qu'il l'ait bue consciemment ou non, ce qui paraît évident, c'est que ça a dû se passer dans ce bureau, dis-je.

Nous inspectâmes la pièce dans l'espoir de trouver

173

une piste. Sur la petite table se trouvaient les plans et les calculs apportés par Marcos, il flottait une odeur de tabac, mais les bouteilles et les cendriers avaient été enlevés. Je demandai à Canalejas :

— Crois-tu que l'agua zafia peut se boire pure?

— Non, pas la quantité qu'a bue Ramón, il l'aurait vomie.

— Donc, il a dû la mélanger à quelque chose, par exemple...

— L'eau minérale que Lucero lui avait apportée, d'après ce que nous a dit Amalia.

— Allons faire un tour à la cuisine, suggérai-je.

Dans le corridor, quatre porteurs amenaient une énorme couronne offerte par l'« Union des récoltants », selon ce qu'indiquait l'inscription florale, formée de marguerites. Alfonso leur indiquait où ils devaient la déposer. En passant devant la salle de séjour, j'entendis Amalia scander encore *Virgo veneranda*. Zenaida, dans la cuisine, lavait des tasses. Nous dûmes lui faire nos condoléances avant de lui poser la question qui nous intéressait.

— Zenaida, il paraît que la nuit dernière, pendant que Ramón parlait quelques instants avec Marcos, mademoiselle Lucero leur aurait apporté des boissons. Pourriez-vous nous dire quel était le verre de Ramón?

Zenaida indiqua l'un de ceux qui se trouvaient dans le buffet. Canalejas l'approcha de ses narines et fit signe qu'il ne sentait rien.

— Est-ce qu'il a été lavé?

— Non, Don Pepe, je ne lave que les verres sales et celui-ci ne l'était pas. Cette nuit, le patron n'a pas bu d'eau minérale. Pour vous dire la vérité, Don Pepe, le patron n'en buvait presque jamais le soir. La bouteille que Doña Amalia ou mademoiselle Lucero lui appor-

174

taient dans le bureau revenait intacte. C'est pour ça que je n'ai pas lavé le verre du patron : il était propre.

Je compris alors ce qui aurait dû me paraître évident depuis le début : Ramón avait les mêmes habitudes le soir qu'à midi, à savoir de boire de l'alcool en cachette.

– Retournons faire un tour au bureau, dis-je à Canalejas.

Nous quittâmes la cuisine. Une délégation du Casino, ainsi que des agriculteurs de la Mancuerna, entraient dans la maison. La couronne de l'« Union des récoltants » était éclipsée par celle qu'avait envoyée la Préfecture de l'État du Bas. Dans le bureau, je me dirigeai directement vers le coffre-fort, que je n'eus aucune peine à ouvrir car j'en connaissais la combinaison par cœur. J'en sortis les trois verres; Canalejas et moi les reniflâmes l'un après l'autre, jusqu'à être bien certains qu'ils n'avaient pas été lavés depuis longtemps. Deux d'entre eux sentaient un peu le mezcal et l'autre, sans l'ombre d'un doute, l'agua zafia. Je sortis la bouteille de mezcal du coffre-fort, nous la humâmes et conclûmes que c'était bien du mezcal.

– Retournons à la cuisine, dis-je alors.

Nous retournâmes à la cuisine. Le corridor était plein de monde.

– Zenaida, où est la bouteille que mademoiselle Lucero a apportée au bureau hier soir?

– Je l'ai jetée à la poubelle.

– S'il vous plaît, Zenaida, pouvez-vous l'en ressortir? Elle nous regarda d'un air stupéfait.

– Zenaida, il faut que j'examine cette bouteille, dis-je.

– Mais elle est vide!

– Ça ne fait rien, Zenaida, le docteur et moi devons l'examiner.

175

– Eh bien, Don Pepe, puisque vous me le demandez...

Elle sortit la bouteille de cognac Martell de la poubelle et se dirigea vers l'évier dans l'intention de la laver, mais Canalejas la lui retira des mains d'un geste brusque, puis ôta le bouchon et l'approcha de ses narines. Il avait l'air un peu ridicule, comme s'il s'était inventé un vice inédit. Après l'avoir reniflée, Canalejas me la passa d'un air triomphant :

– Elle sent, ça ne fait aucun doute.

Je m'aperçus, tout en saisissant la bouteille, que quelqu'un avait jeté des grains de café dans la poubelle. Il me parut nécessaire d'expliquer à Zenaida :

– Il est très important de savoir ce que sent cette bouteille.

Elle sentait extrêmement fort, et elle sentait l'agua zafia.

– Zenaida, à quelle heure avez-vous rapporté cette bouteille du bureau?

– Ce n'est pas moi, Don Pepe, c'est Dõna Amalia, après le départ de monsieur Marcos. Elle l'a posée dans la salle à manger, à côté du cendrier sale, et quand j'ai eu fini de servir je l'ai ramenée à la cuisine.

Canalejas et moi quittâmes la cuisine en emportant la bouteille vide et allâmes discuter dans la cour de service.

– Tu connaissais Ramón mieux que moi, me dit Canalejas, que penses-tu de tout ça?

Je lui dis ce que je pensais :

– À mon avis, Ramón ne s'est pas suicidé, il a bu l'agua zafia mélangée au cognac en croyant que c'était du cognac pur.

– Autrement dit, quelqu'un aurait mis de l'agua zafia dans le cognac, sans que Ramón s'en aperçoive?

– Exactement.

176

– Cela signifie que je dois demander une autopsie.

– Je pense que c'est le mieux.

– Crois-tu que nous devions commencer par informer la famille de nos soupçons?

– C'est à toi de décider, c'est toi le médecin.

Canalejas prit sa décision.

– Nous allons les rassembler.

Jamais je ne l'enviai aussi peu. Nous nous rendîmes dans le séjour.

– Le plus gênant dans cette situation, me dit-il, c'est que nous allons très probablement être en présence de la personne qui a versé l'agua zafia dans la bouteille de cognac.

– C'est comme ça, dis-je.

Depuis un bon moment tournait dans ma tête une idée bien préoccupante : Marcos savait depuis plusieurs jours où était rangée l'agua zafia, ayant vu les photos dédicacées « À Estela » placées dans le même tiroir.

Jamais je n'avais aussi peu envié Canalejas, par rapport à la mission qu'il lui incombait d'accomplir, mais jamais non plus je ne l'admirai autant qu'en le voyant s'en acquitter. Il trouva le moyen de réunir dans le bureau les fils du Guapo, ainsi qu'El Gringo, sans que les visiteurs s'en aperçoivent. Après avoir fermé la porte à clef, il leur présenta le flacon violet portant l'étiquette de ma pharmacie et leur expliqua comment, à son avis et au mien, était mort Ramón.

Gerardo, ébahi, s'exclama :

– Mon oncle, empoisonné?

Alfonso, qui était assis, se leva d'un bond. Fernando, en revanche, dut s'asseoir sur le bras du fauteuil où se trouvait Amalia. El Gringo se contenta de tirer sur ses chaussettes. Amalia se refusait à croire que Ramón buvait du cognac, alors que cela lui était interdit, je dus lui confesser que je buvais du mezcal avec lui le midi, et que par conséquent tout portait à croire qu'il pouvait aussi boire du cognac le soir en compagnie de Marcos.

– Alors, dit Amalia, Marcos et mon oncle se moquaient de moi!

– Marcos, répondit Alfonso, s'est moqué de tout le monde. Il nous a raconté qu'il était ingénieur-conseil aux Mines et qu'il avait un bureau dans la Calle de Palma, mais c'était faux, car dans cette rue il n'existe aucun bureau de consultation de cette nature. Il ne possède pas non plus de pick-up International : aucune camionnette de cette marque n'est enregistrée sous le nom de Marcos González. Il nous a encore déclaré qu'il avait réalisé des expertises pour la compagnie minière El Monte et c'est aussi un mensonge : cette compagnie n'a jamais employé d'expert du nom de Marcos González. Nous avons tous entendu ce qu'il nous a dit, mais moi j'ai pris soin de le noter et d'envoyer ces renseignements pour vérification à des inspecteurs de chez nous, de toute confiance. De tout cela il ressort que Marcos est venu à Muérdago pour nous dorer la pilule et qu'il y a réussi.

J'aurais pu ajouter à cela l'histoire des échantillons de cryolithe provenant de deux mines différentes, mais je gardai le silence.

Quelqu'un frappa à la porte. J'allai ouvrir. C'était Zenaida.

– Il y a un monsieur à l'entrée, qui veut parler avec Don Ramón.

– Dites-lui que Don Ramón ne peut pas s'entretenir avec lui, car il vient de décéder.

– C'est bien ce que je lui ai dit, mais il insiste. Il dit que c'est urgent, qu'il faut qu'il parle avec quelqu'un de la famille. Il m'a remis cette carte.

178

La carte portait l'aigle national, imprimé en relief, et on pouvait y lire :

« Me Francisco Santana Esponda » et dans un coin : « Inspecteur, Direction générale des enquêtes. »

Alfonso s'approcha de moi :

– Que se passe-t-il ?

– La police est déjà là, lui répondis-je en lui tendant la carte.

L'inspecteur Santana Esponda portait une gabardine et une serviette. Il avait une dent en or.

– Bien le bonjour, nous dit-il en entrant dans le bureau. Vous voudrez bien m'excuser; j'essaierai d'être bref.

Il posa sa serviette sur la petite table, l'ouvrit, en sortit plusieurs reproductions d'une même photographie et nous les distribua.

– Je veux savoir si vous reconnaissez cet individu.

J'examinai la photo, un agrandissement un peu flou. On y voyait une femme et un homme barbu, en maillot de bain, en train de boire de la bière. C'était Marcos.

El Gringo s'exprima le premier :

– C'est Marcos.

– Un parent à vous ?

– Le cousin de mon épouse et de ses frères.

– Par alliance, rectifia Gerardo en rendant la photo. Cousin par alliance.

– Il est de mon devoir de vous informer, précisa Santana, que nous avons la preuve qu'il est impliqué dans l'incendie des magasins El Globo.

– Oh là là, quelle horreur! s'exclama Amalia.

– Monsieur, au moment où vous êtes arrivé, dit Alfonso, j'étais justement en train d'informer mes frères, ainsi que le docteur, Don Pepe et mon beau-frère, que Marcos González était un délinquant.

– Avez-vous idée de l'endroit où je pourrais le trouver? demanda-t-il.

Je restai silencieux, tandis que les Tarragona se consultaient du regard. El Gringo se leva.

– Je sais où se trouve Marcos. Et si vous le désirez, monsieur, je vous y conduis à l'instant même.

CHAPITRE XII

La veillée funèbre de Ramón, qui avait commencé de façon tout à fait naturelle et assez solennelle, donna subitement lieu à l'un des scandales les plus mémorables qu'ait jamais connu Muérdago. L'ambulance qui devait transporter le cadavre à la morgue, et le corbillard contenant l'élégant cercueil qu'Alfonso avait commandé par téléphone, arrivèrent exactement au même moment devant la maison de la Calle de la Sonaja, où ils se garèrent l'un et l'autre en double file. Les nombreuses personnes qui encombraient le corridor se tassèrent pour laisser passer le cercueil, qu'ils considérèrent avec respect car il était gris perle, avec des poignées d'argent. Puis elles se tassèrent à nouveau pour laisser passer, en sens inverse, la dépouille mortelle qu'elles étaient venues veiller. Elles comprirent sans peine qu'il s'agissait du cadavre; en effet, le médecin légiste l'avait recouvert d'un drap, après avoir défait le linceul, et deux croque-morts fort connus le transportaient sur un vieux brancard de l'Hôpital général. Cela souleva une grande curiosité. Je vis s'évanouir Lucero, à qui nous n'avions rien dit et qui venait seulement de comprendre que la forme qu'on transportait dans le corridor était le cadavre de Ramón. Je voulus m'occuper d'elle, mais quand je réussis

181

à m'approcher déjà des femmes étaient auprès d'elle et lui faisaient respirer du camphre.

Amalia, que je croisai dans le corridor, ne savait pas encore que sa fille avait perdu connaissance; elle remerciait des personnes qui l'entouraient :

— Merci beaucoup de nous avoir accompagnés dans ces durs moments. Le docteur Canalejas avait encore quelques doutes, alors il a demandé qu'une autopsie soit effectuée. Nous vous préviendrons dès que nous connaîtrons la date de l'enterrement.

Paco, celui du Casino, s'approcha de moi :

— Pepe, dis-moi si je me trompe : c'est le neveu de Ramón qui l'a assassiné, et maintenant il est en fuite?

Je feignis de ne pas avoir entendu et entrai dans le bureau. Alfonso était au téléphone et Gerardo fouillait dans les tiroirs du secrétaire. M'apercevant, il fit un bond et chercha à se justifier :

— Je cherchais des allumettes.

Je m'assis dans un fauteuil. Alfonso disait :

— ... dans des circonstances suspectes... Je vous supplie, maître, d'intervenir dans cette affaire et de nous permettre d'être traités correctement. Vous vous souvenez certainement de mon oncle, c'était quelqu'un d'important.

Je restai assis là tandis qu'Alfonso appelait le gouverneur, le président de district, le notaire, le chef de la police et le directeur du journal *Sol de Abajo*. Il demandait à certains un appui moral, à d'autres un rendez-vous, à d'autres encore tout bonnement de violer la Constitution ou un quelconque règlement. Entre-temps, Gerardo découvrit un billet de mille pesos et, croyant que je ne le voyais pas faire, le glissa furtivement dans sa poche.

– Majorro viendra dresser le procès-verbal à quinze heures, nous dit Alfonso.

Il composa un autre numéro et obtint au bout du fil le chef de la Zone militaire, auquel il demanda son aide.

– Quel genre d'aide attends-tu du chef de zone? lui demandai-je quand il eut raccroché.

– Je ne crois pas que nous en aurons besoin, m'expliqua-t-il, mais ces gens-là se sentent toujours flattés quand une personne comme moi leur demande un service.

Gerardo avait trouvé la montre de Ramón. Alfonso lui dit :

– Gerardo, nous connaissons tous cette montre, alors remets-la où tu l'as trouvée.

Fernando entra dans le bureau, visiblement troublé.

– Je n'y comprends rien, dit-il. On vient de m'apprendre que cette nuit Marcos avait déposé la Safari dans un garage, avec la consigne de la laver et de me la ramener. Il a même payé les frais.

– Il ne manque pas une pièce ou une autre à la voiture? demanda Alfonso.

– Elle a l'air en parfait état. Je ne comprends pas.

Les trois frères avaient l'air tout à fait contrarié.

Je me levai et sortis du bureau. Le corridor était presque désert. Tous ces gens qui un instant auparavant semblaient ne devoir jamais partir s'en étaient allés à deux heures pile. J'imaginai les bars du centre remplis de gens portant le deuil, en train de se livrer au même genre de conjectures que Paco, celui du Casino. Marchant entre les couronnes, je regagnai le séjour. Quelqu'un avait ouvert les fenêtres pour aérer. Je me penchai à un balcon. L'atmosphère de la rue était celle qui fait suite aux accidents ou aux querelles. Le marchand de moules avait installé son étal au coin de la rue; trois ouvriers agricoles de la Mancuerna s'étaient assis sur le

183

trottoir; les demoiselles de la maison d'en face étaient à leur balcon, la mercière de La Mascota cancanait avec des voisines – elle fit un geste pour mimer la forme d'un cadavre recouvert d'un drap. Tout à coup, je sentis une présence dans la pièce; je me retournai et vis Lucero qui ramassait des tasses. Elle était très pâle.

– Lucero, tu as l'air très fatiguée, lui dis-je. Pourquoi ne vas-tu pas te reposer?

– Je préfère m'occuper, ça m'empêche de ruminer.

Il me sembla qu'elle n'avait pas tort; je l'aidai à ramasser les tasses.

Zenaida avait fait un tas de sandwichs qu'elle vint poser, avec des bières, sur la table de la salle à manger. Nous mangeâmes en silence jusqu'à l'arrivée de Majorro, le substitut du procureur, flanqué d'un dactylographe. Majorro s'installa dans la salle de séjour et commença à dresser le procès-verbal. Il fit d'abord appeler Amalia, ensuite Lucero puis, l'un après l'autre, les trois fils du Guapo. Je passai en sixième position, après avoir presque terminé les mots croisés de la revue *Fuensanta*.

– Bonjour, Don Pepe, me dit Majorro quand j'entrai dans la pièce, asseyez-vous, s'il vous plaît.

Il avait allumé le lustre de cristal, celui qui consommait tant d'électricité. Je m'assis sur une des chaises, bien inconfortable.

– Ayez la bonté de décliner votre identité pour que mon collègue en prenne note.

Cette formalité accomplie, Majorro me dit :

– J'ai cru comprendre que c'était vous qui aviez amené l'individu dans cette maison.

Je compris que « l'individu » était Marcos. Majorro continua :

– Je vous saurais gré de m'expliquer quel en était le motif.

184

Manifestement, Amalia lui avait révélé qu'elle avait refusé de laisser entrer Marcos quand il s'était présenté la première fois. Je lui répondis qu'il m'avait semblé naturel que Marcos puisse voir son oncle et qu'aussi je l'avais hébergé puis accompagné chez celui-ci le lendemain.

– N'avez-vous pas trouvé suspect que l'individu se rase le lendemain, de façon à changer d'apparence?

– Non, monsieur Majorro, j'ai trouvé cela très bien parce qu'il avait un air très négligé, avec sa barbe.

– Don Pepe, je vous prie de m'appeler maître.

– Très bien, maître.

– Selon d'autres déclarations, l'individu est arrivé dans cette maison avec un poncho et un livre – un livre de botanique, apparemment. Avez-vous vu ce livre?

– Évidemment, maître, c'est moi-même qui l'ai offert à Marcos. Il s'intitule *Le jardin médicinal* et l'auteur en est le docteur Pantoja.

– Mais dites-moi, Don Pepe, qu'est-ce qui vous a poussé à offrir ce livre à quelqu'un que vous n'aviez pas revu depuis de nombreuses années?

– Ce n'est pas qu'il ait manifesté un intérêt particulier pour la botanique, mais Marcos m'a paru un jeune homme très intelligent et j'ai pensé qu'il pourrait en tirer profit.

Cette réponse eut l'air de satisfaire Majorro.

– Fort bien, dit-il, puis il me demanda une précision :

– Pouvez-vous m'indiquer s'il figure dans ce livre quelque référence à l'agua zafia?

Je compris que, sans le vouloir, j'avais mis Marcos en mauvaise posture. Mais je ne pouvais plus faire autrement que de dire la vérité.

– Oui. *Le jardin médicinal* comporte un chapitre entier sur l'agua zafia : sa préparation, son dosage, ses effets.

Majorro prit une note dans son carnet, en plus de ce que transcrivait son acolyte.

— Merci beaucoup, Don Pepe.

Sur quoi il me laissa partir.

La nuit tombait déjà lorsque je rentrai chez moi. Ma femme, qui était sortie de chez Ramón à une heure plus raisonnable, m'avait préparé un repas copieux, s'attendant à ce que je meure de faim. Attablé devant mon assiette de macaronis, je constatai que la gaffe que j'avais faite devant Majorro m'avait coupé l'appétit. Tandis que je contemplais mon assiette, Jacinta me dit :

— J'ai trouvé ce papier près de l'entrée, au milieu des pots de fleurs.

Elle me tendit un des petits papiers pliés que Ramón avait coutume de m'envoyer par l'entremise de Zenaida. De voir ce papier me fit comprendre vraiment que Ramón était mort, mieux que quand j'avais vu son cadavre, et que je tenais en main son dernier message. Je l'ouvris et lus :

« L'oisillon est rentré, quoique avec beaucoup de retard. Toutes les affaires en cours sont réglées. Ne prends pas la peine de faire ce que je t'ai demandé. Ramón. »

Je compris ce qui avait dû se passer : Zenaida était sans doute arrivée trop tard chez nous et avait tapé à la porte sans que nous lui ouvrions, ou bien elle n'avait pas même osé frapper, certaine que nous étions en train de dormir, et avait glissé le papier sous la porte. Celui-ci était alors resté coincé entre les pots et, le lendemain, j'étais sorti sans le voir. Je me dis que si je l'avais trouvé à temps je me serais épargné le voyage à El Calderón. Cependant, écrivant ces lignes plusieurs mois plus tard, je suis heureux de ne pas avoir trouvé ce billet, car en réalité mon déplacement jusqu'à El Calderón n'avait pas servi à rien.

— Je n'arrive pas à manger, dis-je, et je repoussai mon assiette de macaronis.

— Il arrive que les chagrins donnent faim, mais aussi qu'ils coupent l'appétit, déclara Jacinta.

Je sortis de la pièce, tandis qu'elle entreprenait de manger elle-même mes macaronis. Je déambulai dans la cour, regardant les pots de fleurs et je m'arrêtai devant le paxtle qui, la nuit, exhale une forte odeur. Je pensais à Marcos, au *Jardin médicinal,* à l'inspecteur Santana et aux photos qu'il nous avait montrées. Je m'étais méfié à plusieurs reprises de Marcos, mais il n'avait pas l'air d'un terroriste et encore moins d'un empoisonneur. Estimant que c'en était assez pour la journée, je décidai d'aller me coucher plus tôt que d'habitude.

Dans ma chambre, en me déshabillant, je tombai sur les deux factures que j'avais fourrées dans ma poche à l'hôtel Calderón. Je trouvai très étrange l'appel téléphonique que Marcos avait passé chez Ramón, à cinq heures et demie : il y avait bien eu une communication, d'une durée de quatre minutes, sans doute destinée à avertir qu'il arriverait en retard, cependant personne n'en avait informé Ramón, dont toute la famille savait fort bien qu'il attendait des nouvelles de son neveu.

La seconde facture dans la main, j'allai prendre le téléphone et composai le numéro qui y figurait. Une voix d'homme me répondit :

— Plage de la Media Luna, hôtel Aurora.

Je raccrochai sans répondre et retournai dans ma chambre, où je rangeai dans le tiroir de la table de nuit les deux factures, ainsi que le billet de Ramón apporté par Zenaida. Je me couchai sur le dos, les mains sous

187

la nuque, pour réfléchir un moment. Jacinta entra, se déshabilla et se coucha près de moi.

– Je ne comprends rien, dis-je après avoir éteint la lumière.

– Tu ne comprends rien à quoi?

Le lendemain matin, j'étais en train d'arroser les plantes quand on frappa à la porte. Il était huit heures et quart et j'allai ouvrir moi-même car Jacinta préparait le petit déjeuner dans la cuisine. C'étaient Santana et Majorro, qui s'excusèrent de me déranger si tôt.

– Entrez. Avez-vous déjeuné?

– Don Pepe, nous ne voulons pas abuser, répondit Majorro.

Je demandai à Jacinta d'ajouter quelques œufs et du chorizo.

– Vous avez vu, inspecteur, fit remarquer Majorro – poète à ses heures –, comme la maison de Don Pepe est jolie? Si je vivais ici, j'écrirais aussi bien qu'Amado Nervo.

Santana, toujours sa serviette à la main, avait l'air impatient mais réussit à attendre la fin de notre petit déjeuner. Quand Jacinta eut remporté les assiettes sales, il me dit :

– Hier, Don Pepe, vous ne nous avez pas informés, pas plus le substitut Majorro que moi-même, que vous étiez allé à El Calderón.

Je tentai de gagner du temps en secouant quelques miettes tombées sur ma chemise. Majorro toussa, s'éclaircit la gorge et cracha dans un mouchoir, Santana posa sur la table une facture du même genre que celles que j'avais rangées dans ma table de nuit, démontrant que j'avais appelé chez Ramón à huit heures du matin, de l'hôtel El Calderón.

188

– Je ne vous ai rien dit parce que ni vous ni maître Majorro ne m'avez posé la question.

– Mais enfin, Don Pepe, vous saviez bien que je recherchais Marcos González Alcantara, surnommé El Negro.

– Oui, inspecteur, et j'ai constaté aussi que M. Jim Henry vous proposait de vous conduire jusqu'à lui, ce que je n'aurais pu faire vu que je n'ai pas la moindre idée d'où il se trouve.

– Don Pepe, pourriez-vous tout de même nous expliquer pour quelle raison vous êtes allez chercher cet individu à El Calderón? me demanda Majorro.

Je leur rapportai la vérité, bien qu'en m'entendant la dire elle me parût bien peu convaincante à moi-même, surtout quand j'en arrivai à l'histoire du billet apporté par Zenaida et que je n'avais pas trouvé, dans lequel Ramón me disait qu'il était inutile que je recherche Marcos, etc. Quand j'eus terminé, Santana me regarda d'un air satisfait.

– Je crois que j'ai eu plus de chance que vous!

– Vous avez trouvé Marcos?

– C'est ce que nous allons bientôt savoir, répondit Santana.

Majorro ajouta :

– L'inspecteur Santana a trouvé quelque chose que nous aimerions vous faire identifier. Cela vous ennuierait-il de nous accompagner, Don Pepe? Ce n'est qu'une question de deux ou trois heures.

– Allons où vous voulez, répondis-je avant de me lever.

J'acceptai de les accompagner, d'abord parce que je n'avais pas le choix, mais aussi parce que j'étais très curieux de savoir ce qu'avait pu trouver Santana.

Celui-ci avait une grosse voiture, en piteux état, qu'il conduisait à vive allure et de façon très négligente. Ainsi que je m'y attendais, il prit la direction d'El Calderón.

J'étais assis entre eux deux. Nous fîmes un bout de route en silence, puis je décidai d'engager la conversation.

– Inspecteur, qui dirige le corps de police auquel vous appartenez?

Il se lança dans une longue explication bureaucratique, d'où il ressortait que la Direction générale des Enquêtes était pratiquement la main droite du président de la République.

– Vous pouvez nous raconter quelques cas sur lesquels vous avez enquêté? demandai-je.

Il en exposa plusieurs, dont l'histoire du caissier d'une compagnie d'État qui avait disparu un beau jour avec cinquante mille pesos. Le vol s'était produit à Los Mochis et Santana avait arrêté le caissier huit jours plus tard à Tuxtal Gutiérrez.

– Quand je l'ai attrapé, ajouta Santana, il m'a offert cinq mille pesos. « Excusez-moi, je lui ai dit, mais je suis au-dessus de ça. » Il m'avait pour ainsi dire offensé. Maintenant le gars est en prison. Il a écopé de cinq ans pour abus de confiance. Le plus étonnant dans cette affaire, Don Pepe, c'est que juste une semaine avant de commettre ce vol, il avait vu passer plus d'un million de pesos et n'y avait pas touché. Une semaine plus tard, il partait avec les cinquante mille pesos qu'il y avait dans la caisse! Apparemment, c'était une histoire de femme, et il avait dû prendre le large à la hâte. Quand je l'ai arrêté, je lui ai dit : « Si vous étiez parti avec un million, même Dieu le Père n'aurait pas pu vous retrouver. » Parce que, Don Pepe, cinq cent mille pesos, il n'y a pas de policier qui puisse y résister. Vous voyez ce que je veux dire?

– Oui, oui, je comprends.

Majorro ajouta ce commentaire :

– Les gens attendent de la police qu'elle soit incorruptible, mais pourquoi le serait-elle? Nous sommes des humains comme les autres.

Au lieu de se diriger vers l'hôtel, Santana prit le chemin qui mène à la mine. Sur le seuil de la maison à moitié en ruine se trouvait un policier qui se leva en nous voyant arriver, enfonça sa casquette et rectifia sa tenue. Je reconnus en lui El Muelas, un des policiers les plus connus de Muérdago. Il est gros, avec le visage criblé de points noirs, et beaucoup le tiennent pour débile mental. Il écoutait une ranchera à la radio et se mit au garde-à-vous quand il nous aperçut, mais sans éteindre le poste pour autant.

— Rien de neuf, chef, déclara-t-il en s'adressant à Majorro.

— Don Pepe, venez par ici, s'il vous plaît, me demanda Santana.

Il s'engagea dans un sentier et je le suivis, Majorro fermant la marche. La côte était assez raide et en arrivant au sommet nous nous arrêtâmes pour reprendre notre souffle. J'aperçus El Muelas qui épluchait une canne à sucre; la voix du chanteur Pedro Infante résonnait toujours à travers les collines. Nous continuâmes. Le sentier était capricieux. Parfois il longeait le versant du coteau, parfois il s'élançait hardiment vers les sommets, parfois encore il redescendait sans raison apparente. J'observai que la flore d'El Calderón est plus variée qu'il n'y paraît à première vue. Huizaches et garambullos y abondent, mais on y trouve aussi le palo dulce et le palo prieto, quelques casahuates, des pitayos, du nopalillo de San Antonio, de la baldana, de la yerba andariega et trois espèces de corínfulas. À mesure que nous avancions, la couleur de la terre changeait. D'abord très pâle, elle devint rougeâtre, puis d'un gris bleuté. Soudain, dans une montée, j'entendis un sorte de mugissement, impossible à confondre avec ma respiration essoufflée ou avec les battements de mon cœur. Je ne compris pas tout de suite que c'était certainement le bruit du « bouillon ». Un policier et un paysan qui jouaient aux cartes au pied d'un huizache se levèrent à notre approche. Santana se retourna vers moi dans un tournant et m'avertit :

– Faites attention.

Nous atteignîmes le bourbier, qui exhalait son nuage de vapeur. Le sol était glissant. Nous avançâmes le long du bord jusqu'à la naissance de la rivière où se déverse l'eau de la source. Santana s'arrêta, le policier et le paysan se joignirent à nous; ce dernier nous donna une poignée de main. Santana attendit que j'essuie mes lunettes, embuées par la vapeur, et quand je les remis il me dit :

– Regardez.

Il indiquait le lit de la rivière.

Il me fallut un instant pour comprendre ce que Santana voulait que je regarde. Puis, dans la vase verdâtre formant le lit de la rivière, je parvins à distinguer deux objets étranges, couleur café.

– Vous avez vu? me demanda Santana.

– Oui.

– Reconnaissez-vous ces chaussures?

– Ce sont les santiags de Marcos, répondis-je sans hésitation.

– Vous avez bien entendu, maître? demanda Santana à Majorro qui arrivait tout essoufflé.

Majorro acquiesça et Santana dit :

– Don Pepe, nous considérons ce que vous venez d'affirmer comme une déclaration formelle, effectuée auprès d'un représentant du ministère public.

– Mais qu'est-ce que tout cela signifie? répliquai-je.

192

Santana et Majorro m'emmenèrent un peu plus loin, à un endroit d'où ni le policier ni le paysan ne pouvaient nous entendre.

— Ce gars-là, me dit Santana en me désignant le paysan, vit à El Calderón; on le surnomme El Colorado. C'est lui qui a découvert les bottes. Il soutient que le cadavre se trouve dans le bourbier.

— Quel cadavre? demandai-je.

— Celui de Marcos González, alias El Negro, répondit Majorro.

Santana expliqua :

— Il semblerait que Marcos González soit revenu, jeudi soir, à El Calderón. Nous ne savons pas s'il s'est jeté de lui-même dans « le bouillon » ou s'il a simplement glissé. En tout cas, il suffira de draguer l'endroit pour retrouver le cadavre, et l'affaire sera close.

Il paraissait très satisfait.

— Ils t'attendent dans l'étude du notaire Zorrilla, m'informa Jacinta quand je revins à la maison.

— Pour quoi faire?

— Apparemment, le notaire doit faire lecture du testament de Ramón, et ne veut pas l'ouvrir en dehors de ta présence.

J'allai aux toilettes et, tout en faisant mes petits besoins, je me répétai à haute voix les paroles de Santana :

— Il suffira de draguer l'endroit pour retrouver le cadavre, et l'affaire sera close.

Elles ne m'en parurent que plus étranges.

Quand j'arrivai, les personnes installées autour de la table du notaire Zorrilla me lancèrent un regard de mauvaise humeur : ils attendaient depuis une heure. Les quatre fils du Guapo étaient présents; leurs épouses n'avaient pas été invitées, en revanche El Gringo se trouvait là et empestait le bureau avec son cigare. Lucero, la seule majeure parmi les petits-neveux de Ramón, était là aussi.

Zorrilla m'avait reçu dans la salle d'attente :

— Canalejas et Paco, celui du Casino, sont présents également, car ils étaient témoins lors de la rédaction du testament de Ramón.

— Et en quoi ma présence est-elle nécessaire?

— Parce que Ramón t'a désigné comme exécuteur testamentaire.

Je m'assis entre Lucero et El Gringo. Après avoir fermé la porte, Zorrilla s'installa en bout de table et déclara :

— La réunion que nous allons tenir est parfaitement conforme à la loi.

— Bien sûr, maître, dit Gerardo, juge de profession.

— Lorsqu'une personne meurt dans des circonstances qui ne semblent pas naturelles, il appartient au notaire de décider d'ouvrir le testament immédiatement, ou d'attendre les résultats de l'enquête en cours. Dans le cas qui nous occupe, comme je considère que dans le document que nous allons lire se trouve peut-être la clé du mystère que les autorités s'efforcent de résoudre, j'ai décidé de l'ouvrir dès maintenant. Y a-t-il des objections?

— En ce qui me concerne, aucune, dit Gerardo.

— Maître, ajouta Alfonso, la décision que vous avez prise me semble la meilleure. Vous êtes d'accord, les enfants? demanda-t-il en regardant autour de lui.

Les éventuels héritiers répondirent oui à l'unisson, à l'exception de Lucero.

Les Tarragona semblaient fort pressés d'apprendre ce que Ramón leur avait laissé. J'intervins :

– Je voudrais savoir si l'autre héritier présumé a été invité, ou si du moins vous avez tenté de le contacter.

Il y eut un silence. Alfonso me regarda comme s'il ne comprenait pas ce que je voulais dire.

– À quel autre héritier présumé faites-vous allusion, Don Pepe?

– Marcos.

Alfonso sembla se souvenir de ce personnage presque oublié.

– Ah! Mais Marcos n'est pas un héritier présumé. Quelqu'un a-t-il entendu notre oncle en parler en tant que tel? Pas moi.

– Ni moi, dit Amalia.

– C'était le neveu de Ramón, insistai-je.

– Oui, mais par alliance, me fit observer Gerardo.

– C'est lui l'unique héritier de Ramón, dit Paco, celui du Casino. J'ai parié quinze mille pesos que ce garçon aurait la totalité de l'héritage.

Il se fit à nouveau un silence.

– En tout état de cause, me répondit Zorrilla, je n'ai pas invité la personne que tu viens de nommer, je n'ai même pas essayé.

– C'était ce que je voulais savoir, dis-je, feignant d'être satisfait par sa réponse.

Très solennellement, Zorrilla demanda à Canalejas et à Paco, celui du Casino, de reconnaître leurs signatures sur l'enveloppe et de s'assurer que le cachet était intact. Cette formalité accomplie, il rompit le cachet, ouvrit l'enveloppe, en sortit la feuille qui s'y trouvait et lut :

– « Je nomme exécuteur testamentaire, avec pleins pouvoirs, mon ami de longue date José Lara, qui se chargera de faire exécuter ma volonté pour la répartition de mes biens, et je dispose que cent mille pesos lui soient remis, en compensation des désagréments que cela lui occasionnera... »

– Ce testament commence très bien, observa Gerardo, Don Pepe mérite toute notre confiance.

– « ... Je lègue à ma servante Zenaida qui nous a servi, mon épouse Leonor et moi, avec tant de fidélité durant de nombreuses années, la maison du quartier San José et deux cent mille pesos pour qu'elle vive ses dernières années en paix... »

– C'est très juste, très juste! s'exclama Amalia. Je suis contente que mon oncle ait pensé à Zenaida!

– « ... Je lègue un million cent mille pesos, déposés sur mon compte d'épargne au Banco de la Lonja, à ma nièce Lucero, à qui je dois le peu de joies de ces derniers mois, quand elle a joué avec moi aux échecs... »

– Lucero, il faut aller dès demain à la banque, lui dit Alfonso, pour réaliser l'opération sans payer d'impôts dessus.

Lucero se mit à pleurer.

– « ... À ma nièce Amalia, qui s'est sacrifiée pour moi en venant vivre à la maison, s'occupant de ma santé plus que mon propre médecin, je lègue le lustre de cristal qui se trouve dans la salle de séjour... »

Il y eut une pause.

– Et quoi d'autre? demanda El Gringo.

– Rien d'autre, répondit Zorrilla, et il continua sa lecture.

– « ... À mon neveu Alfonso, je lègue le sous-main de valeur... »

– Le sous-main de valeur, vous ne voulez pas dire les valeurs? demanda Alfonso.

– « ... le sous-main de valeur, en cuir, qui se trouve sur mon écritoire... »

– Mais c'est ridicule! articula Alfonso.

– « ... À mon neveu Gerardo, je lègue l'écritoire lui-même, qui lui plaît tant... »

– Mais je n'ai même pas d'endroit où le mettre!

– « ... À mon neveu Fernando, je lègue ma selle qui se trouve à la Mancuerna. »

– Pourquoi cette selle, moi qui ne monte à cheval que lorsque je suis sans voiture?

– « ... À James Henry, mon neveu par alliance, je lègue le cendrier gravé à mes initiales. »

El Gringo dit quelque chose en anglais, que je ne pus comprendre.

– « ... À mon neveu Marcos, je lègue ma part sur le produit de la mine La Covadonga qu'il a découverte et qu'il va exploiter... »

– Mais ce n'est pas possible! s'exclama Paco, celui du Casino. Il doit y avoir une erreur!

– « ... Je lègue en patrimoine le reste de mes biens, s'élevant approximativement à dix-sept millions et demi de pesos, poursuivit Zorrilla, au Casino de Muérdago. »

À ce stade de la lecture du testament, Gerardo et Fernando se levèrent, tandis qu'Alfonso ouvrait déjà la porte. Je me penchai vers Lucero, qui avait cessé de pleurer, et lui demandai :

– Au cas où tu le saurais : peux-tu me dire si Marcos portait ses santiags quand il est revenu vendredi?

– Non, répondit-elle sans hésiter. Il avait acheté des chaussures neuves.

Quand je rentrai chez moi, Jacinta me demanda :

– Que disait le testament?

– De pures folies.

J'accrochai mon chapeau au portemanteau, gagnai ma chambre, ouvris le petit tiroir de la table de nuit et en tirai une des factures. Je décrochai le téléphone et composai le numéro. La même voix d'homme que la fois précédente me répondit :

— Plage de la Media Luna, hôtel Aurora.

— Dites-moi comment me rendre chez vous, je vous prie.

CHAPITRE XIII

Pour aller de Muérdago à Ticomán, il faut changer trois fois de car, voyager douze heures, en perdre quatre à Mezcala, déjeuner à six heures du soir et dîner à minuit. En descendant à la gare routière de Ticomán, je fus saisi par la chaleur étouffante et dus ôter mon gilet, alors même que j'avais mis mon costume le plus léger. Plus loin dans la rue, la chaleur me devint insupportable et je dus retirer également ma veste. Je marchai jusqu'au port. Il était sept heures et demie, la mer était calme, deux crevettiers étaient à l'ancre, des pélicans volaient au loin. J'allai demander sur le quai, à un homme qui nettoyait du poisson, comment prendre le bateau pour la plage de la Media Luna.

– C'est celui-là, dit-il.

Il me montra une barque couverte, avec des banquettes, qui s'appelait *Lupita,* et me dit qu'elle sortirait à neuf heures.

C'était bien ce que m'avait dit le gérant de l'hôtel Aurora. Je retournai sur la jetée et entrai dans un restaurant qui était ouvert, La Reina de Ticomán, où je commandai un petit déjeuner. L'endroit était agréable et aéré, j'y restai jusqu'à neuf heures. La *Lupita* ne quitta le port qu'à dix heures. Les autres passagers étaient une famille de quatre Noirs, qui allaient passer la journée à la plage.

– C'est mon jour de repos, me confia le père, qui était boulanger.

Je ne pouvais que me faire remarquer, vu mon âge avancé et ma tenue vestimentaire : costume, gilet, cravate, chapeau, au lieu d'un maillot de bain.

– Vous allez à la plage? me demanda le patron de la barque.

– Non, je cherche des amis.

Je tentai de lui décrire Marcos et son épouse, du mieux que je pus, mais cela ne lui dit rien.

– Il y a tant de monde qui passe ici! Presque tous les jours j'emmène des gens à l'hôtel Aurora.

La traversée dura une heure, le temps de sortir de la baie puis d'entrer dans la crique voisine, nous éloignant un peu des montagnes puis nous en approchant à nouveau. La mer était plate comme une assiette. Le gamin qui secondait le patron, de la proue, se jeta à l'eau avec un cordage qu'il tira jusqu'à ce que la barque vienne s'échouer sur la plage. Tous les passagers ôtèrent leurs chaussures pour quitter l'embarcation.

La plage, bordée de cocotiers, avait en effet la forme d'une demi-lune. Il y avait des maisons de pêcheurs ainsi que deux barques pourries, quelques filets, un jeune garçon en train de pêcher, et deux chiens.

– L'hôtel Aurora, c'est là-bas, m'indiqua le patron de la barque.

C'était une construction en dur, en haut d'une colline.

– À quelle heure retournez-vous au port?

– À trois heures.

Je pris le sentier, plein de chardons. Les tabachines étaient en fleur. J'arrivai à l'hôtel trempé de sueur. Le sol était de mosaïque rouge, comme celui de l'hôtel Calderón. Je traversai le vestibule jusqu'à la réception.

– Est-ce vous qui avez téléphoné? me demanda l'homme assis derrière le comptoir.

Comme il m'avait dit qu'il était le gérant, je sortis un billet de cent pesos. Pas plus qu'à l'hôtel El Calderón, je n'eus de difficulté à obtenir des renseignements, mais là encore le gérant me dit qu'il n'avait pas de client répondant au nom de Marcos González. Il me parla en revanche d'une réservation téléphonique faite le dernier jeudi au nom d'« Angel Valdés et Madame », après laquelle personne ne s'était présenté.

– Vous êtes sûr de cela? demandai-je au gérant.

Il me montra le registre, moyennant cent pesos de plus. Il n'y avait aucun doute, personne ne s'était installé à l'hôtel depuis vendredi. Le patron de la barque avait exagéré : les affaires ne marchaient pas mieux à l'hôtel Aurora qu'à l'hôtel El Calderón. Manifestement, mon voyage, mon manque de sommeil et les deux cents pesos dépensés à l'instant n'avaient servi à rien.

– Eh bien, servez-moi donc une bière, lui dis-je.

Il ne me laissa pas payer la consommation. Je bus ma bière sous le porche, dans une des chaises en toile, puis je m'endormis. Quand je rouvris les yeux, une vedette grise était amarrée dans la crique.

– Et cette vedette, à qui est-elle? demandai-je au gérant.

– Au gouvernement...

– Mettez-moi un mezcal.

Comme un petit vent frais s'était levé, je remis mon gilet et ma veste avant de rejoindre la *Lupita*. La traversée de retour fut très différente de celle de l'aller. La mer était devenue houleuse, l'épouse du boulanger eut le mal de mer et vomit. La vedette sortit derrière nous de la plage de la Media Luna et mouillait déjà devant la jetée à notre arrivée dans le port.

Le ciel s'était obscurci. Il commença à bruiner et à faire froid. Comme l'autocar pour Mezcala partait à six heures et qu'il n'était que quatre heures et demie, je m'installai de nouveau à la Reina de Ticomán, où je commandai une collation. Tout cela m'avait donné un peu faim.

À six heures moins vingt, j'avais bu mon deuxième café et payé l'addition, quand je remarquai une femme qui passait dans la rue et se protégeait de la pluie avec un poncho. C'était le poncho de Marcos.

Je sortis dans la rue et, en courant un peu, la rattrapai.

– S'il vous plaît, mademoiselle!

Elle se retourna effrayée. Elle était très belle. Mais en outre, c'était la même femme dont Santana nous avait montré la photo. N'ayant pas le temps d'inventer un mensonge, je lui dis la première chose qui me passa par la tête :

– Je cherche Marcos.

À son expression, je vis qu'elle connaissait effectivement un Marcos. Je ne lui laissai pas le temps de le nier.

– Je m'appelle José Lara, je suis un ami de Marcos et il faut que je lui parle.

Elle me regarda d'un air méfiant. Finalement, je dus lui inspirer confiance car elle répondit :

– Marcos est à l'hôpital.

– Qu'est-ce qui lui est arrivé?

– Il a fait une intoxication très grave et a failli en mourir.

Je n'avais pas envisagé, jusqu'à cet instant, que Marcos ait pu boire la même chose que Ramón.

– Amenez-moi auprès de lui, demandai-je à cette femme, il est urgent que je le voie.

En chemin, elle m'expliqua que Marcos s'était endormi dans le car, peu après le départ de Mezcala, et qu'en voulant le réveiller à Ticomán, elle s'était aperçue qu'il était mourant.

– Ils n'ont pas voulu l'admettre à l'Hôpital général, parce qu'ils ne disposaient pas du matériel qu'il aurait fallu pour le soigner. J'ai dû l'emmener à l'Hôpital de la Marine, où on lui a donné du sérum jusqu'à aujourd'hui.

– Et qu'a dit le médecin?

– Que Marcos s'était intoxiqué en mangeant ou en buvant une substance quelconque, qu'il n'a pas pu identifier. Il m'a dit aussi qu'il s'en était sorti mais aurait aussi bien pu en mourir, car il ne voyait pas du tout quel antidote il aurait pu lui donner.

– Est-ce que des taches bleutées sont apparues sur le bas de sa lèvre inférieure?

Elle me regarda avec étonnement.

– Comment le savez-vous?

– Un de mes amis est mort avec les mêmes symptômes.

À l'Hôpital de la Marine, je dus décliner mon identité et donner cinquante pesos au brigadier de garde pour qu'il me laisse accéder à la salle où Marcos était le seul malade. Il était méconnaissable. Il avait maigri, sa peau était verdâtre, il dormait et paraissait mort. Son épouse s'approcha de lui et lui toucha l'épaule jusqu'à ce qu'il ouvre les yeux.

– Il y a un monsieur qui veut te parler.

Marcos me reconnut et me fit un faible sourire.

– Comment vas-tu?

– Un peu mieux, répondit-il d'une voix rauque.

– J'ai différentes choses à te dire. Préfères-tu que nous en parlions maintenant ou que je revienne demain?

– Maintenant.

Comme j'étais content d'avoir retrouvé l'homme que je cherchais! Jamais je n'aurais pensé que l'instant qui allait suivre allait être le plus honteux de ma vie. J'entendis la porte s'ouvrir, me retournai, et vis entrer Santana et Majorro, suivis d'autres policiers.

Marcos fut transféré en ambulance à Muérdago, accompagné d'un médecin et d'une escorte policière. Sa femme et moi fîmes le trajet dans la voiture de Santana. J'étais assis devant, entre Santana et Majorro, et elle derrière, à côté d'un policier. La première partie du trajet s'effectua en silence mais, quand nous descendîmes de voiture, les trois qui étions devant, pour entrer dans un restaurant au bord de la route, Santana m'attrapa par le bras:

– Ne m'en tenez pas rigueur, Don Pepe, je ne le supporterais pas!

– Vous m'avez trompé, vous n'avez jamais pensé que Marcos était tombé dans « le bouillon ». Et vous m'avez dit: « Il suffira de draguer pour retrouver le cadavre. » Un pur mensonge!

– D'accord, Don Pepe, mais pardonnez-nous: nous savions, le substitut Majorro et moi-même, que vous aviez emporté de l'hôtel Calderón deux petits papiers que vous n'avez pas voulu nous montrer.

Je ne voulais pas parler de cette affaire et continuai à marcher, très en colère. Eux me suivaient.

– Don Pepe, me dit Majorro, je tiens à vous affirmer que c'est l'inspecteur qui a insisté pour que nous allions vous rendre visite, avant-hier. N'est-ce pas, inspecteur?

– Oui, c'est vrai. Mais ne restez pas fâché, Don

Pepe, car grâce à vous tout s'est bien passé. Le substitut peut maintenant clore son dossier, et moi le mien. Venez donc prendre un verre pour fêter ce triomphe de la justice.

Je les regardai avec tout le dédain dont je suis capable, en me disant : « Ces bureaucrates ne pensent qu'à boucler leurs dossiers. »

– Non, sans façon, rétorquai-je d'une voix cinglante.

Ils entrèrent dans le restaurant, où ils commandèrent du cochon de lait rôti. Je restai d'abord à faire les cent pas devant la porte, mais j'avais faim et soif et finis par entrer. Je m'installai au comptoir et demandai un sandwich avec une bière.

– Don Pepe, joignez-vous à nous, me lança Majorro depuis la table où ils mangeaient.

– Non, merci beaucoup, répétai-je.

Je commandai un autre sandwich et une autre bière à la serveuse. Quand elle m'eut tout apporté, je retournai à la voiture pour offrir à manger et à boire à la femme de Marcos, restée seule sur la banquette arrière. Le policier lui avait passé des menottes aux chevilles et était parti dîner. Tandis que je m'approchais, elle regarda obstinément par la vitre du côté opposé.

– Tenez, je vous ai apporté ceci.

Elle se retourna, considéra la bière et le sandwich, puis moi – malgré l'obscurité, je devinai que son regard était chargé de mépris – et répondit :

– Non, merci.

Je retournai au restaurant, m'assis avec les deux hommes et acceptai la tequila et le cochon de lait.

Les cloches sonnaient la messe de six heures lorsque j'arrivai chez moi. Jacinta se réveilla quand j'entrai dans la chambre.

205

– Comment ça s'est passé?

– Mal. Je suis allé à Ticomán et je me suis ridiculisé.

Je me couchai et m'endormis profondément. Je ne me réveillai qu'à la nuit tombante. Jacinta était entrée dans la chambre et avait allumé la lumière.

– Maître Zorrilla est dans la salle de séjour, c'est la troisième fois qu'il passe pour te voir.

– Qu'est-ce qu'il veut encore?

– Te parler dès ton réveil.

– Je suis réveillé.

Je lui dis d'ouvrir le buffet à Zorrilla pour qu'il se serve un verre, puis me passai de l'eau sur le visage, passai une robe de chambre et enfilai des pantoufles. À mon entrée dans le salon, je constatai que Zorrilla était fort nerveux, à la façon qu'il avait d'agiter le pied. Il se leva aussitôt.

– Pepe, que je suis content de vous voir!

– Que se passe-t-il?

– J'ai reçu ce matin une lettre de Ramón.

– Une lettre de Ramón?

Il la sortit de sa poche et me la tendit. En voyant l'enveloppe, je compris que c'était celle que Ramón avait écrite dans la nuit du jeudi et qui avait été postée par Zenaida. À l'intérieur de la première enveloppe s'en trouvait une autre, toujours fermée, ainsi qu'une lettre.

– Lisez-la, me demanda Zorrilla.

Voici ce qu'elle disait :

Cher Pablo Zorrilla,

Je te demande ici un grand service : ajoute au testament que j'ai écrit l'autre jour la disposition ci-jointe et annule toutes les clauses qui y contredisent. Ne t'inquiète pas, je me sens tout à fait bien, c'est

seulement que je veux laisser les choses en ordre. Et
excuse-moi pour tous ces dérangements.

Suivait la signature, Ramón Tarragona.
– Ce document a-t-il une valeur? demandai-je.
– Il faut qu'il y ait deux témoins.
J'allai à la porte et criai :
– Jacinta!
Jacinta accourut. Zorrilla ouvrit alors la seconde enve-loppe et lut :
« À la suite d'une longue conversation avec mon neveu Marcos González Alcantara, dont je suis chaque jour plus satisfait et qui me semble un excellent garçon, j'ai décidé de modifier mes volontés telles qu'exprimées dans mon précédent testament et de lui léguer tout ce qu'au-paravant je destinais au Casino. »
Zorrilla déclara, en ôtant ses lunettes :
– Franchement, ce deuxième testament me paraît plus sensé que le précédent. C'était disproportionné, de léguer dix-sept millions et demi au Casino.
– Bien sûr, approuva Jacinta; il est plus normal de les léguer à un parent.
– Mais savez-vous où se trouve Marcos? leur dis-je. Il est en prison, suspecté entre autres d'avoir empoisonné Ramón.
– Oh là là, quelle ingratitude! s'exclama Jacinta. C'est horrible!
– Si sa culpabilité était établie, dit Zorrilla, le second testament serait annulé automatiquement.
Que ce texte soit annulé ou non ne me préoccupait pas tellement; il y avait surtout le fait que lui seul indiquait un mobile pour lequel Marcos aurait pu empoi-sonner Ramón.
– Suis-je toujours exécuteur testamentaire?

– C'est ce qui est stipulé dans le premier testament, répondit Zorrilla, et il n'y a rien dans le second qui annule cette disposition.

Le jour suivant, je me rendis à la prison. El Muelas me dit que Marcos allait beaucoup mieux, qu'il était sorti de l'infirmerie où il avait été transféré la veille et qu'il était maintenant en cellule. Je lui remis le laissez-passer que Majorro m'avait fait obtenir; El Muelas l'examina très attentivement, mais sans paraître en comprendre le contenu.

– C'est un laissez-passer, expliquai-je. Cela signifie que je suis autorisé à rendre visite au prisonnier.

– En effet, répondit El Muelas sans pourtant bouger d'un pouce.

Nous étions seuls dans la salle de garde. Je sortis vingt pesos et les lui tendis.

– Bon, venez, Don Pepe, me dit-il, et il alla décrocher les clefs.

Nous traversâmes la cour, prîmes un couloir, passâmes devant la cellule destinée aux ivrognes. El Muelas ouvrit la porte suivante et me fit pénétrer dans une cellule sombre et humide, dont les W.-C. puaient atrocement. Marcos était couché sur une paillasse, couvert de son poncho. Curieusement, il parut content de me voir et s'assit pour me recevoir.

– Bonjour, Don Pepe, dit-il.

El Muelas ramassa quelques assiettes sales restées par terre et nous laissa seuls. Je m'assis sur la paillasse, à côté de Marcos, qui me confia :

– La nourriture de la prison est exécrable. Je me suis fait apporter autre chose de l'hôtel Universal, mais le gros policier qui vient de sortir en a mangé la moitié en chemin.

Je lui promis que Jacinta lui apporterait un panier de victuailles puis j'en vins à la question qui m'amenait.

– Tu sais que Ramón est mort?

– On me l'a dit.

– Et qu'il est mort empoisonné?

– Je le sais aussi.

– Vous aviez bu du cognac ensemble.

– Comme tous les soirs. Jeudi, il en a pris plus que d'habitude, parce que moi, comme il n'en restait pas énormément dans la bouteille, je n'en ai pris que deux verres et j'ai continué au mezcal.

– Cela t'a sauvé la vie, car le cognac était empoisonné.

– C'est ce que je me suis dit aussi.

– Tu savais où était rangé le médicament.

– Oui, mais j'ignorais que c'était un poison.

– Cependant, tu possédais un livre, *Le jardin médicinal*, où sont décrites les propriétés mortelles de l'agua zafia.

– Je n'ai jamais lu ce passage du livre.

– N'empêche que tu avais cet ouvrage; quelqu'un l'a vu en ta possession et cela figure au procès-verbal.

– Vous voulez dire qu'on me soupçonne d'avoir empoisonné mon oncle?

– Exactement.

– Mais nous avons été empoisonnés en même temps! Je peux présenter un certificat médical.

– Ce ne serait guère utile que si tu étais mort toi aussi! Mais tu n'as été que très légèrement intoxiqué.

– Mais pour quelle raison aurais-je empoisonné mon oncle? Qu'avais-je à y gagner? Justement, ce soir-là, il m'avait remis un chèque de quarante mille pesos.

– Sais-tu que, ce soir-là aussi, Ramón a rédigé un second testament où il fait de toi son héritier universel, à part quelques petits dons?

Marcos se prit la tête entre les mains.

– Tu comprends que ta position est très délicate?

– Don Pepe, je n'ai pas tué mon oncle.

– Je le sais, mais tu es impliqué dans l'incendie des magasins El Globo, et cela te rend très suspect.

– Je n'ai rien à voir non plus avec cette affaire-là.

– Tu veux dire que tu es accusé de deux délits que tu n'as pas commis? C'est incroyable.

Il haussa les épaules et déclara d'un ton fataliste :

– Je suis né dans un ranch isolé, mon père était paysan, on m'appelle El Negro, la seule chance qui m'ait jamais été donnée, je veux dire l'héritage de mon oncle, me désigne maintenant comme son assassin. Vraiment j'ai la poisse. Et, comme si ce n'était pas suffisant, j'avais foutu cette chance en l'air en signant avec mes cousins un accord où je m'engageais à leur remettre les quatre cinquièmes de l'héritage.

– Attends, attends, explique-moi un peu ça.

Alfonso me fit immédiatement passer dans son bureau personnel, quand j'annonçai que je voulais m'entretenir avec lui. Il m'attendait sur le seuil, les bras ouverts.

– Don Pepe, me dit-il quand j'entrai, j'ai appris que grâce à vous ce salaud a été arrêté.

Je ne pus éviter son accolade. Quand j'eus réussi à me dégager, nous nous assîmes.

– Je ne sais si Zorrilla t'a parlé de la lettre qu'il a reçue.

– Quelle lettre?

– Celle que Ramón lui a écrite.

Manifestement, il n'était pas au courant. Je lui dis que Ramón avait rédigé un second testament et lui dis en quoi il consistait. Son visage s'illumina.

– En ce cas, dit-il, mes frères et moi avons droit à une

210

part d'héritage beaucoup plus importante que celle que prévoyait le premier testament. Nous avons signé avec Marcos un accord stipulant que nous partagerions nos parts à égalité, lui, moi, mes deux frères et ma sœur.

– C'est bien ce que j'ai compris. Ce qui est embêtant, là-dedans, c'est que Majorro et Santana s'obstinent à accuser Marcos d'avoir empoisonné Ramón, ce qui risque d'annuler le second testament.

J'admirai la rapidité avec laquelle il comprit la tournure que prenait désormais l'affaire.

– Mais nous n'allons tout de même pas laisser deux policiers se mêler de tout ça à leur guise!

– Bien sûr que non.

– Marcos est un vaurien, sans aucun doute, mais pas un assassin.

– Je pense exactement la même chose.

– Don Pepe, je me demande si mon oncle ne s'est pas suicidé; l'assassinat n'est pas prouvé.

– C'était un homme très malade.

– En plus de sa maladie, il y avait l'humiliation permanente de dépendre des autres pour les gestes les plus simples de la vie.

– C'était une situation affreuse.

– Cet acte est normalement considéré comme un péché, mais je suis sûr que Dieu, Notre-Seigneur, le lui pardonnera.

– J'ai un message que Ramón m'a envoyé dans la nuit de jeudi. Je ne l'ai lu que vendredi, alors qu'il était déjà mort, et je ne sais comment l'interpréter.

Je lui donnai le petit papier que Zenaida avait laissé parmi les pots de fleurs.

« L'oisillon est arrivé, quoique avec beaucoup de retard », lut Alfonso. Croyez-vous que mon oncle fasse allusion à la colombe divine?

211

– C'est possible.

– « Toutes les affaires en cours sont réglées. » Cela me paraît très clair, c'est la lettre de quelqu'un qui sait qu'il va mourir, c'est le message d'un désespéré. Qu'en pensez-vous, Don Pepe?

– On pourrait comprendre cela comme ça.

– « Ne prends pas la peine de faire ce que je t'ai demandé. » Cette phrase, non, je ne la comprends pas.

– C'est quelque chose d'autre, ça n'a rien à voir.

– Dites-moi, Don Pepe : j'ai dans cette banque une jeune fille de toute confiance, qui imite l'écriture des autres avec une très grande habileté. Vous ne croyez pas, Don Pepe, que je pourrais lui passer ce petit papier pour qu'elle y écrive, dans ce coin, là, où il reste du blanc, quelque chose du style : « Qu'on ne reproche ma mort à personne »?

– Ça ne me semble pas nécessaire, lui répondis-je en reprenant le papier, que je rangeai dans ma poche. D'autant que nous sommes d'accord pour penser que Ramón s'est donné la mort.

– En effet, Don Pepe, vous et moi sommes absolument d'accord sur ce point.

– En ma qualité d'exécuteur testamentaire, continuai-je, mon devoir est de te poser la question suivante : tes frères, ta sœur et toi êtes-vous en mesure de verser par avance, et en argent comptant, les trois millions et demi qui reviennent finalement à Marcos comme part d'héri-tage?

– Considérez-vous que ce soit une condition indispen-sable pour conclure cette affaire?

– Absolument.

– Soit. Don Pepe, Marcos peut compter sur cet argent dès qu'il en aura besoin. Ma banque est à ses ordres.

En sortant du Banco de La Lonja, au lieu de passer sous les arcades pour retourner chez moi, je pris la Calle de la Sonaja, vers la maison de Ramón. Je vis El Gringo en sortir en claquant la porte, monter dans sa voiture dont il claqua également la porte, puis démarrer brutalement et s'éloigner. Quand Zenaida m'ouvrit la porte, j'observai :

– Monsieur Jim a l'air en colère!

Elle me répondit, sur le ton de la confidence :

– Il a trouvé dans la poubelle des portraits de monsieur Marcos dessinés par mademoiselle Lucero.

– Dans la poubelle?

– C'est elle-même qui les a déchirés et jetés. Je sortais la corbeille de la pièce aux malles et je traversais la cour, et alors j'ai croisé Monsieur Jim qui m'a demandé : « Qu'est-ce que tu transportes là-dedans? » – « Mais rien, j'ai dit, ce sont des ordures. » Il a sorti les morceaux de papier et les a regardés sans dire un mot, mais il est devenu tout rouge et il est parti.

Amalia et Lucero, chacune dans sa chambre, faisaient leurs bagages. Quand Zenaida leur annonça que j'étais là, elles sortirent dans le corridor.

Amalia, qui manifestement n'avait pas entendu parler du second testament, me confia :

– Je suis très triste d'être obligée de quitter cette maison.

– Voulez-vous un café, Don Pepe? me demanda Lucero.

– Non, merci beaucoup. Je suis simplement venu vous dire bonjour, et vous informer que Marcos est en prison.

– Nous étions au courant, répliqua froidement Amalia.

Lucero ne dit rien. Je poursuivis :

– Il semble que les repas qu'on lui sert à la prison sont très mauvais, ma femme va lui porter un panier de nourriture. Si vous souhaitez lui faire parvenir quelque chose, elle pourra le prendre avec.

– Je n'ai rien à lui envoyer, répondit Amalia.

– Moi, je crois que si, dit Lucero.

Je pris congé d'elles.

Devant la porte de la chambre qu'occupait l'inspecteur Santana à l'hôtel Universal, il y avait des bouteilles vides ainsi que les reliefs d'un petit déjeuner pour deux personnes. Un panneau indiquant « Veuillez ne pas déranger » était accroché à la poignée de la porte. Je m'approchai et entendis qu'on parlait.

Je redescendis à la réception, décrochai le téléphone posé sur le comptoir et demandai à l'employé :

– Passez-moi la chambre 36.

Il était midi et demi. Santana décrocha et je lui dis :

– J'ai une proposition à vous faire, je crois qu'elle vous intéressera, vous et le substitut Majorro.

– Il s'agit d'argent, Don Pepe?

– Je ne vous en parlerais pas, s'il s'agissait d'autre chose. Pouvez-vous me retrouver au bar du Casino à une heure?

– À une heure et demie.

– D'accord.

Je raccrochai.

Je rentrai chez moi. Jacinta avait installé le rocking-chair dans la cour et reprisait des chaussettes. Les mains dans les poches, je me mis à tourner en rond en parlant sur le ton du ragot :

– Il paraît que Lucero a dessiné des portraits de Marcos, puis qu'elle les a déchirés et jetés à la poubelle.

Ayant dit cela, je m'arrêtai et regardai mon épouse.

214

Elle leva rapidement les yeux, les baissa, et continua à repriser. J'attendis.

– Ils avaient à voir ensemble, dit-elle enfin, sans me regarder.

« Avoir à voir ensemble » est la manière qu'a Jacinta de parler des relations sexuelles.

– Comment le sais-tu?

– Je les ai vus un après-midi depuis la terrasse, par la fenêtre de la pièce qui est à côté du poulailler. C'était sans faire exprès.

Elle rougit.

En arrivant au bar du Casino, je m'assis à une table isolée, pour éviter que personne puisse entendre ma discussion avec Santana et Majorro. Il était presque deux heures quand ils arrivèrent. J'attendis que Pedrito, le serveur, apporte les boissons qu'ils avaient commandées, avant de commencer :

– C'est en tant qu'exécuteur testamentaire de Ramón Tarragona que je vais vous parler.

Ils me regardèrent d'un air respectueux. Je poursuivis :

– Les héritiers, dont je suis le représentant, veulent éviter la mauvaise impression que pourrait susciter la nouvelle que Ramón aurait été assassiné. Ils désirent savoir s'il est possible de l'éviter.

– C'est à maître Majorro de répondre, car la mort de M. Tarragona n'est pas de ma compétence, dit Santana.

Majorro me répondit :

– Je regrette beaucoup, mais c'est trop tard, Don Pepe. Nous aurions pu trouver un arrangement l'autre soir, quand nous nous sommes arrêtés sur le chemin de Ticomán pour dîner. Maintenant, l'affaire n'est plus en mon pouvoir, elle est entre les mains du procureur. Le détenu est à la disposition du juge, il ne reste plus qu'à fixer la date de son procès.

– Quel dommage! dis-je.

Puis, m'adressant à Santana :

– Et vous, inspecteur, voyez-vous quelque moyen de suivre l'affaire des magasins El Globo sans y impliquer Marcos González et son épouse?

– Inutile d'en parler, Don Pepe, c'est impossible. Comprenez bien que l'arrestation que nous avons réussie l'autre jour fait suite à une enquête de plusieurs mois. Vous n'avez pas idée de la peine que j'ai eue à infiltrer la cellule terroriste à laquelle appartenaient ces jeunes gens. Vous savez comment sont les communistes : très méfiants. Ils ne se réunissent qu'entre eux. C'est par hasard que j'ai connu une de leurs militantes. J'ai insisté pour connaître ses amis, dès que j'ai su de quelle sorte de gens il s'agissait. Au début, elle ne voulait pas me les présenter, mais elle a fini par le faire. Au cours de cette soirée, justement au domicile des salauds que nous venons d'arrêter, j'ai eu de la chance : le suspect que nous recherchions, un certain Evodio Alcocer, est précisément arrivé chez eux. J'ai cru que j'allais pouvoir boucler mon dossier, mais non, ces deux-là ont réussi à s'échapper. J'ai dû me déplacer à Cuévano, à Muérdago, à Ticomán, et finalement nous les avons attrapés. Grâce à vous, Don Pepe. Imaginez un peu ce que diraient mes supérieurs si je rentrais les mains vides à México!

– Je comprends votre position, répondis-je.

Après une pause, j'ajoutai d'un ton résigné :

– Je ferai savoir à mes clients qu'il n'y a pas moyen d'arranger les choses.

– Effectivement, il n'y a pas moyen, confirma Majorro.

– Savez-vous combien ils étaient prêts à payer pour

obtenir un arrangement satisfaisant? Trois millions de pesos.

– Un instant, Don Pepe, dit Santana, qu'est-ce que ces personnes considéreraient comme un arrangement satisfaisant?

– Il y aurait deux volets. Il faudrait premièrement un rapport certifiant que le décès de Ramón Tarragona est accidentel. Et, deuxièmement, un autre rapport expliquant que les personnes encore recherchées pour l'incendie d'El Globo sont introuvables et que l'on pense qu'elles se sont noyées.

– Vous auriez dû nous expliquer cela tout de suite, Don Pepe, dit Majorro. Je crois que la première partie, celle qui me concerne, doit pouvoir s'arranger, surtout s'il y a suffisamment d'argent pour verser des dessous-de-table. Vous savez comment c'est : il y a beaucoup de gens impliqués, qu'il faudra payer pour qu'ils restent discrets. Et vous, qu'en pensez-vous, inspecteur?

– Il y a des obstacles, dit Santana, mais aucun n'est insurmontable.

Ils promirent de faire ces papiers et de remettre les prisonniers en liberté le lendemain à la même heure. De mon côté, je leur promis de tenir l'argent à leur disposition, puis je les abandonnai à la table pour les laisser régler les derniers détails de l'opération.

Zenaida apporta, l'après-midi même, la tourte que Lucero avait confectionnée pour Marcos.

– C'est avec la même sauce qu'elle accommode les agachonas, expliqua-t-elle à Jacinta, mais comme il n'en restait plus elle a mis du blanc de poulet à la place.

Quand Zenaida fut partie, Jacinta observa, en regardant la tourte :

– Il est clair qu'elle est toujours amoureuse de lui.

217

— Porte-la tout de suite à Marcos, répondis-je.

À son retour de la prison, ma femme me dit :

— J'ai laissé le plat à un gros policier qui était à la porte.

— C'est très bien ainsi.

Canalejas me téléphona le lendemain.

— As-tu préparé de l'agua zafia récemment? me demanda-t-il.

— Non, et j'ai l'intention de ne plus jamais en préparer.

— Eh bien, sache qu'un policier surnommé El Muelas est à l'hôpital, avec une très forte intoxication et des cercles bleuâtres au bas de la lèvre inférieure.

— En ce cas, il a dû absorber de l'agua zafia vendue par les rebouteux du marché.

Heureusement, ce n'était pas de l'agua zafia de bonne qualité : El Muelas est devenu chauve mais il vit encore.

CHAPITRE XIV

Durant plusieurs mois, il sembla que l'histoire que je viens de raconter s'était bien terminée. Je ne revis jamais Santana ni Majorro. Marcos et sa femme allèrent s'installer à Mezcala, où avec le demi-million qu'il leur restait ils ouvrirent un restaurant de spécialités régionales. À ce qu'on m'en dit alors, on y mangeait plutôt bien, le tamal de cazuela en particulier y était excellent. Les quatre enfants du Guapo se partagèrent le reste de l'héritage, de façon équitable selon les uns, surtout avantageuse pour Alfonso selon les autres. Fernando garda La Mancuerna, qu'il avait toujours convoitée, Gerardo les maisons du quartier San Antonio et Amalia la maison des Tarragona, mais tous continuèrent à verser des intérêts à Alfonso, qui avait trouvé les trois millions et demi à payer en liquide. Alfonso conserva en outre ce qu'il appelait « le portefeuille », c'est-à-dire un paquet d'actions dont lui seul connaissait la valeur. Amalia, El Gringo et Lucero restèrent dans l'ancienne maison de Ramón. Lucero plaça en titres à rente fixe le million de pesos dont elle avait hérité. Zenaida, estimant qu'elle avait assez travaillé durant sa vie, déménagea dans la maison que Ramón lui avait laissée dans le quartier San José. Moi, on me versa, sans aucun retard, les cent mille pesos qui me revenaient, que je reversai à l'Association du Casino à titre de compensation – bien modeste – pour les dix-sept millions et demi que Ramón leur réservait dans son premier testament. On me dit que j'étais fou, mais qu'aurions-nous fait de cent mille pesos, Jacinta et moi?

La procédure testamentaire s'était achevée au mois de septembre, après quoi il fallut procéder officiellement au transfert des biens. Zorrilla me fit savoir que Marcos devait venir à Muérdago pour signer les papiers. Comme je connaissais son adresse, je le contactai et il accepta sans aucune difficulté.

Comme la première fois que je l'avais revu, Marcos arriva de nuit, portant la barbe et couvert d'un poncho, mais cette fois il était en voiture et non à pied. Son épouse ne l'accompagnait pas. Non, sa femme n'était pas venue avec lui.

– Le restaurant est une bonne affaire, mais il faut que quelqu'un y reste pour s'en occuper, répondit-il à Jacinta quand elle l'interrogea à ce propos.

Je me dis que c'était une réponse trop conventionnelle pour être vraie. S'il avait voulu amener son épouse, il l'aurait fait.

Marcos se montra d'excellente humeur et dîna avec nous. Mais, après le repas, il nous dit qu'il avait envie de sortir se promener. Nous lui donnâmes les clefs pour qu'il puisse rentrer à l'heure qu'il voudrait.

– Il a dû aller voir Lucero, me dit Jacinta quand il nous eut laissés.

Je ne sais pourquoi, cette réflexion m'irrita au plus haut point.

– Eh bien, qu'est-ce que cela peut nous faire? m'exclamai-je.

Jacinta et moi allâmes nous coucher à onze heures

comme d'habitude et éteignîmes la lumière, mais nous ne parvînmes pas à dormir avant le retour de Marcos, après une heure du matin. Quand nous entendîmes le bruit de la porte, Jacinta me dit dans l'obscurité :

— Il a dû aller chez quelqu'un, parce qu'à Muérdago tout ferme à minuit.

J'émis un grognement ensommeillé, pour éviter d'avoir à lui répondre. Pendant un moment, je me demandai si je ne devrais pas me lever pour m'assurer que Marcos allait bien, mais j'en vins à la conclusion que si, après tout ce qui s'était passé, Marcos se laissait empoisonner, il l'aurait bien mérité. Je m'endormis sur l'instant.

Marcos se réveilla en pleine forme et avec appétit, il prit son petit déjeuner avec nous. Ma femme lui demanda s'il voulait se raser, il répondit que non et nous rîmes tous les trois. Ensuite, Marcos et moi eûmes une conversation dont le seul caractère particulier est que nous ne parlâmes ni de Ramón, ni de mort, ni d'argent, ni de prison, ni de poison. Nous nous levâmes de table à dix heures et demie pour nous rendre à l'étude de Zorrilla, qui nous avait donné rendez-vous à onze heures.

Tous les héritiers arrivèrent à l'heure et prirent place autour de la table, l'air sérieux. Tous étaient vêtus de noir, à l'exception de Marcos avec son poncho. Zorrilla avait préparé et classé tous les documents. Il les fit circuler, en indiquant à chacun d'entre nous où il devait apposer sa signature. Quand tout fut signé, il referma le dernier dossier et conclut :

— Ce sera tout, mesdames et messieurs, merci beaucoup.

Spontanément, nous nous levâmes tous, les héritiers, les témoins, le notaire, l'exécuteur testamentaire, et nous

nous serrâmes les uns les autres dans les bras, comme si nous fêtions Noël.

Alfonso dit :

— Je voudrais que maintenant, vous veniez tous à une journée champêtre que j'ai organisée pour fêter ce bel acte de fraternité.

Nous commîmes l'erreur d'accepter.

Alfonso avait choisi l'hôtel El Calderón. Il avait tout fait préparer à l'avance. Des tables étaient installées sous les mezquites, près de l'étang. Il y eut un peu de tout. Les petits-neveux jouaient au football, El Gringo sortit un fusil pour tirer à la cible, les enfants du Guapo s'entourèrent de chanteurs engagés par Alfonso et se mirent à pleurer. Nous bûmes, nous mangeâmes du mole. Les femmes, en robes de deuil, ne trouvaient pas d'endroit où s'asseoir, à cause des fourmis. La fête dura très longtemps. Soudain, je m'aperçus que Marcos n'était plus là et Lucero non plus. Je m'avançai, longeant la rive du ruisseau où se trouve « le bouillon ». On entendait les coups de pied donnés au ballon, les chansons des musiciens, et par intervalles les coups de fusil du Gringo. Le soleil déclinait. J'aperçus au loin, au milieu de la plantation d'huizaches, le poncho de Marcos, ce qui me rassura. Arrivé à quelques mètres du poncho, je me rendis compte que c'était Lucero qui le portait et non Marcos, et m'exclamai :

— J'ai cru que c'était Marcos!

Elle sourit et me dit :

— Marcos m'a fait cadeau de son poncho.

Puis elle poursuivit son chemin.

Elle paraissait heureuse, resplendissante. Je continuai dans la direction opposée à la sienne, craignant toujours qu'il ne fût arrivé quelque chose à Marcos. Peu après, je l'aperçus lui aussi au milieu des huizaches. En chemise, les mains dans les poches, la tête penchée, il regardait le ruisseau en sifflotant.

Arrivé à ses côtés, je lui dis :

– Je suis content de te voir.

Il me regarda en souriant, puis me désigna le fond du ruisseau et me sortit un nouveau mensonge :

– Ce sont des sels de glucinium.

Je regardai quelques instants la croûte bleutée déposée dans le lit du ruisseau, puis nous décidâmes de retourner à la fête. Je ne sais combien de temps nous marchâmes en silence, sans nous rendre compte que les chansons, les bruits de ballon et les coups de feu s'étaient tus. Je me souviens avoir entendu, pratiquement en même temps, un chant de grillon et un cri aigu, un cri de femme. Marcos se mit à courir et je le suivis. J'avais l'impression de ne plus pouvoir avancer quand j'aperçus Amalia, un mouchoir sur la bouche, agenouillée près du corps. Plusieurs autres personnes étaient autour d'elle.

Il paraît que quelqu'un avait signalé le passage de trois agachonas. Il paraît que les gens qui se trouvaient près d'El Gringo l'avaient vu lever son fusil, apparemment pour tirer sur les oiseaux. Il paraît qu'ils entendirent les coups de feu, mais que les agachonas avaient poursuivi leur vol; que, regardant le fusil, ils avaient vu qu'il était dirigé dans une autre direction. Ils avaient alors aperçu le corps recouvert du poncho de Santa Marta. Il paraît que lorsqu'on vint dire au Gringo : « C'est Lucero », il n'avait fait que hocher la tête, se refusant à le croire.

GLOSSAIRE

L'auteur étant malheureusement décédé, il n'a pas été possible de l'interroger sur les points délicats (et la traduction anglaise n'est d'aucun secours). En particulier, la plupart des toponymes qu'il utilise sont de pures inventions, chargées de connotations que nous n'avons pas toujours élucidées. Nous n'avons pas non plus retrouvé les équivalents français ou latins de toutes les espèces de plantes désignées par leur appellation mexicaine; ni la qualité de certains personnages publics cités. Nous recevrons avec plaisir les informations de lecteurs mexicains, d'origine ou d'adoption. *(N. d. T.)*

Agachonas : la désignation de ces poules d'eau vient du verbe *agacharse*, s'accroupir.

Agua zafia : solution élaborée à base de *nenepaxtle (Arandula vertiginosa)*, plante aux propriétés voisines de celles de la digitale européenne.

Ate de queso : pâte de coing au fromage.

El Aula : l'Amphi.

Bagre : nom d'une espèce de poissons, ce qui convient bien à une rivière; mais *bagre* se dit aussi d'une personne antipathique, au sens de « vilain oiseau ».

El Caballero elegante : le Gentleman élégant.

Calderón : gros chaudron.

Calle : rue.

Callejón : ruelle, passage.

Centavo : centime.

Cenzontle : nom mexicain d'un oiseau *(sinsonte)* réputé pour son chant. En France, on l'appelle « chanteur de Cuba ». Et à Cuba, *sinsonte* s'emploie pour dire « idiot ».

El Cerro sin nombre : la Colline sans nom.

La Chamuca : surnom sans signification immédiate, mais *chamuchina* signifie

225

« foule, populace » ; on pourrait presque transposer en « la Prolète », la fille du peuple...

Chile relleno : plat de viande hachée, très pimenté.

Cocada : confiture à la noix de coco.

El Colorado : le Rougeaud.

Cuba libre : boisson à base de rhum blanc et de Coca-Cola.

Cueva : caverne, ou excavation minière.

Cuévano : ce toponyme inventé sous-entend « pas de caverne, pas de mine... ».

Déjame como estaba : « Laisse-moi tel que j'étais. »

El Dorado : le Doré.

Enciclopedia de las ciencias y las artes : Encyclopédie des sciences et des arts.

État du Bas : nous avons traduit ainsi *Estado del Plan de Abajo*. Il n'existe pas d'État de ce nom dans la fédération mexicaine. Cette dénomination inventée nous paraît porteuse d'une intention psychologique et morale.

La Fe : la Foi.

El Foque : le Foc (du terme maritime).

Fuensanta : le nom de cette revue, certainement religieuse, est une contraction de *fuente* et de *santa* (la source sainte).

Fundador : marque de cognac.

Garambullo : cactée à la tige touffue et aux fleurs rouges.

Gringo : étranger, et plus particulièrement yankee.

Guapo : beau. *El Guapo* : le joli garçon – mais aussi... « la gouape ».

Huerta, Victoriano : général et politicien mexicain. En 1913, par voie de putsch, il se fit proclamer président de la République. Il abandonna le pouvoir un an plus tard, et termina son existence aux États-Unis.

Huipil : chemise indienne sans manches.

Huizache : espèce d'acacia épineux.

Juárez, Benito : homme politique mexicain (1806-1872), qui joua notamment un rôle important contre l'« empire » de Maximilien Bonaparte.

La que se fué : « Celle qui est partie ».

Loma de los Conejos : la Colline des Lapins.

López Mateos, Adolfo (1910-1968) : président de la République du Mexique de 1958 à 1964.

La Lupita : la Petite Loupe.

Mafafa : gouet (grosse serpe de bûcheron).

Malaquita : malachite (carbonate de cuivre, d'une belle couleur verte).

Las mañanitas : les petits matins.

La Mancuerna : se dit des paires d'animaux de trait; au Mexique, s'emploie aussi pour les boutons de manchettes.

El Manotas : de *manotas*, les grosses mains.

Mariachi : orchestre d'origine paysanne, qui interprète des chansons populaires dans les rues et les bars.

Martell : marque de cognac.

Mascota : mascotte.

Media Luna : la demi-lune.

Mezcal : eau-de-vie d'agave.

Mezquile (prosopis juliflora) : arbre légumineux ressemblant aux acacias.

Mole : plat de dinde relevé de piment.

Muela : molaire.

El Negro : le Noir.

Nervo, Amado (1870-1919) : poète mexicain, représentant du modernisme.

No es falta de cariño / Te quiero con el alma : « Ce n'est pas faute de tendresse / Je t'aime de toute mon âme. »

Nopalillo : appellation commune de deux variétés de cactées, d'apparence semblable au figuier.

Obrégoniste : du nom du général Alvaro Obregón qui fut élu président de la République mexicaine en septembre 1920, en pleine guerre civile, et termina son mandat en 1924.

Otomíes : peuple d'Indiens, considéré comme le plus ancien du Mexique.

Palacio del Gobierno : Palais du gouvernement, équivalent d'une préfecture.

Palito : diminutif de *palo*, le bâton.

Palo dulce ou *palo azucarero (Icica edwigia)* : arbre dont le fruit ovoïde ressemble à l'olive.

Palo prieto ou *palo nesco (Willardia mexicana)* : arbre à fleurs jaunes, à l'écorce blanchâtre.

Patrulla guajira : « Patrouille paysanne », chant révolutionnaire cubain.

Pepe : diminutif de José.

Perico : nom mexicain du jeu de cartes ailleurs appelé *truque*.

Pitayo : cactée mexicaine de grande taille.

Poncho de Santa Marta, *poncho* de Saltillo : il existe de nombreuses variétés de ponchos, souvent désignées par leur lieu de fabrication. Saltillo est une importante agglomération industrielle du nord du Mexique, près de Monterey.

Puruándiro : sorte de vasque en cèdre.

Quexquemetl : terme nahuatl désignant une sorte de tunique, généralement de couleurs chatoyantes.

Ranchera : type de chanson populaire propre au Mexique, au Pérou et au Venezuela.

Sonaja : tambourin.
Squirt : marque de limonade.

Tabachín : appellation commune d'un arbuste fort abondant au Mexique.
Taco, taquito : galette de maïs *(tortilla)* garnie de viandes diverses.
Tamal de cazuela : sorte de pot-au-feu à la viande de porc.
Tecolote : espèce de hibou.
Tehuacá : marque d'eau minérale.
Tepozán : arbre de la famille des scrofulariacées.
Tequila : eau-de-vie d'agave.
La Teta del Norte : la Mamelle du Nord.
Tierra caliente : la Terre chaude, le sud du Mexique.
Tortilla : mince galette de farine de maïs, aliment de base des paysans mexicains.
Tuza : petit rongeur d'Amérique.
Tzinzunzan (assiettes de) : assiettes ornées de motifs mayas.

Urubu : vautour de petite taille.

Veneno : Poison.
Pancho Villa : guérillero mexicain (1878-1923) qui contribua à la révolution de 1910.
Virgo veneranda : formule latine d'une prière à la Vierge.

Yerba andariega : « herbe vagabonde »; c'est le maté, plante utilisée en infusion mélangée au café.

DANS LA MÊME COLLECTION

JAMES CRUMLEY : *Un pour marquer la cadence*

ALEX ABELLA : *Le massacre des saints*

FRANCISCO GONZÁLEZ LEDESMA : *La dame de Cachemire*

ROLO DIEZ : *Vladimir Ilitch contre les uniformes*

CORMAC MCCARTHY : *Méridien de sang ou Le rougeoiement du soir dans l'Ouest*

RAYMOND CHANDLER : *The Long Good-Bye*

KENT ANDERSON : *Sympathy for the Devil*

STEPHEN DOBYNS : *Un chien dans la soupe*

DONALD GOINES : *Ne mourez jamais seul*

FRANCISCO GONZÁLEZ LEDESMA : *Histoire de Dieu à un coin de rue*

NINO FILASTÒ : *Cauchemar de dame*

KEM NUNN : *La reine de Pomona*

ALAIN PUISEUX : *Monsieur Sotheby et les oiseaux*

HARRY CREWS : *La malédiction du gitan*

*Achevé d'imprimer
sur Roto-Page
par l'Imprimerie Floch
à Mayenne, le 26 octobre 1993.
Dépôt légal : octobre 1993.
Numéro d'imprimeur : 34731.*
ISBN 2-07-073327-0/Imprimé en France.